KB109620

육유 시선

육유 시선

육유(陸游)

•

류종목 옮김

민음사

사람의 한평생 안기생이 되어서
취한 채 동해로 가서 큰 고래를 못 탄다면
차라리 세상에 나가 이서평이 되어서
손으로 역적을 죽이고 옛 서울을 맑혀야 하리.
빛나는 황금 도장 아직 얻지 못했는데
무심하게 뾰족뾰족 흰머리가 찾아왔네.
─「장가행」에서

차 례

目次

숲에서는 바람이 새소리를 전해 오고

차 례

가슴을 저미는 다리 아래 푸른 물결

目次

일러두기

1. 본문에 사용된 부호의 의미는 다음과 같다.
   『 』: 전집이나 총서 또는 단행본, 「 」: 개별 작품, " ": 대화 또는 인용, ' ': 강조 또는 인용문 속 인용
2. 인명과 지명, 관직명은 우리 한자음으로 표기하였다.
3. 작품마다 해설과 각주를 실어 작품의 이해를 도왔다.
4. 사(詞)의 원문은 본래 각 단락을 다섯 칸 정도 띄어 주나 분량이 많은 경우 부득이 쪽을 나누어 실었다.

평생토록 간직할 만 리 강산 수복의 꿈

밤에 병서를 읽다가

서리 내리는 저녁에 외로운 등불 빛나는데
깊숙한 산속에서 병서를 읽노라.
평생토록 간직할 만 리 강산 수복의 꿈
창을 들고 임금님 앞에서 말 달리고 싶어라.
사나이는 싸우다가 죽을 수도 있는 법
너 이상 저자나 지킴은 치욕스러운 일이리라.
공업을 이루는 건 이 또한 우연
성공을 예측하면 스스로 소홀하리라.
못에서는 배고픈 기러기가 울어 대고
세월은 이 가난한 선비의 뜻을 저버린다.
거울 속의 얼굴을 보며 탄식하나니
어찌하면 길이길이 피부에 윤이 날까?

육유는 남송 고종 소흥(紹興) 23년(1153) 과거에 응시했을 때 강경하게
중원 회복을 주장한 데다 그의 이름이 주화파의 재상 진회(秦檜)의 손자
보다 위에 있다는 이유로 부당하게 낙방당했다. 그뒤 고향인 산음(山陰 :
지금의 절강성(浙江省) 소흥시(紹興市))에서 칩거하는데, 이 작품은 서른
두 살 되던 해인 소흥 26년(1156) 가을에 고향에서 지은 최초의 애국시이
다. 금나라에 빼앗긴 중원 땅을 하루속히 되찾고 싶어 하는 간절한 소망
을 담고 있다.

夜讀兵書

孤燈耿霜夕　窮山讀兵書　平生萬里心　執戈王前驅　戰死士所有
恥復守妻孥　成功亦邂逅　逆料政自疏　陂澤號飢鴻　歲月欺貧儒
歎息鏡中面　安得長膚腴

· 窮山(궁산) : 궁벽한 산. 깊은 산.
· 萬里心(만리심) : 금나라에 빼앗긴 만 리 강산을 수복하려는 마음.
· 妻孥(처노) : 처자(妻子).
· 邂逅(해후) : 우연히 만나다. 우연히 그렇게 되다.
· 逆料(역료) : 예측하다.
· 政(정) : 곧. 바로. '정(正)'과 같다.
· 陂澤(피택) : 못.
· 欺(기) : 농락하다. 저버리다. 이 구절은 주화파(主和派)의 방해로
　보국의 뜻을 이루지 못한 채 세월만 감을 뜻한다.
· 膚腴(부유) : 피부가 기름지다. 젊음을 뜻한다.

다경루에서

장강의 동쪽은 형세 좋은 곳
옛날의 서주 땅은 특히 첫손 꼽는다.
그림인 듯 산들이 연이어진 곳
아름다운 이곳에 아련히 솟은 누각
북소리 호각소리 비장하게 들려온다.
하늘 높이 깜박이는 봉홧불을 바라보니
손권과 유비의 지난 일이 생각난다.
천 리에 창과 갑옷 번쩍거리고
만 개의 부뚜막에 비휴가 잠잤겠지.

水調歌頭 —— 多景樓

江左占形勝 最數古徐州 連山如畵 佳處縹渺着危樓 鼓角臨風悲
壯 烽火連空明滅 往事憶孫劉 千里曜戈甲 萬竈宿貔貅

· 水調歌頭(수조가두) : 곡조 이름. 이것은 「수조가두」라는 곡조에 맞
　추어서 쓴 가사이다.
· 多景樓(다경루) : 지금의 강소성(江蘇省) 진강시(鎭江市)의 북고산
　(北固山) 꼭대기에 있는 누각.
· 江左(강좌) : 장강(長江)의 왼쪽이라는 뜻으로 장강의 동쪽 지역을
　가리킨다.
· 形勝(형승) : 형세가 빼어난 곳.
· 古徐州(고서주) : 옛날 구주(九州)의 하나로 진강을 가리킨다.
· 縹渺(표묘) : 아득한 모양. 멀어서 분명하지 않은 모양.
· 着(착) : 설치하다.
· 孫劉(손류) : 삼국시대의 오왕 손권(孫權)과 촉왕 유비(劉備).
· 萬竈(만조) : 행군할 때 밥을 짓는 부뚜막이 수없이 많음을 뜻한다.
· 貔貅(비휴) : 맹수의 이름. 용맹스러운 군대를 가리킨다.

풀잎은 이슬에 젖고

나뭇잎 바람에 지니

때는 바야흐로 가을이구나.

태수는 호탕하여

이야기와 웃음으로 만고 근심 씻어 준다.

상상이 산에 올라 놀던 모습 안 보이고

무수한 유람객의 발자취가 없어져

대를 잇는 그 한을 씻지 못해 슬픈데

유독 숙자만은 천년이 지나도록

한수와 더불어 그 이름이 영원하다.

효종 융흥(隆興) 원년(1163) 서른아홉 살의 혈기 왕성한 애국 청년 육유는 진강부통판(鎭江府通判)에 제수되어 이듬해 2월 임지에 도착했다. 이해 10월 그는 진강지부 방자와 함께 북고산 꼭대기의 감로사(甘露寺) 안에 있는 다경루에 올랐다. 다경루 아래는 장강인데 장강은 바로 남송의 최전방 방위선이었다. 거기서 육유는 얼마 전까지만 해도 자기네 땅이었던 북쪽 땅을 바라보며 자신도 모르게 항적의 의지를 불태웠다. 그리하여 한때 그곳을 차지하고 위세를 떨쳤던 손권의 위용과 오촉(吳蜀) 연합군이 위(魏)나라를 격파한 옛일을 생각하며 자신의 항적 의지를 다지고, 아울러 그와 함께 다경루에 오른 상관 방자에게도 양양에서 목민관 노릇을 할 때 군량미를 많이 비축하여 진 무제(武帝)의 오나라 정벌을 성사시킨 명장 양호와 같은 인물이 되어 주기를 당부하는 이 시를 지었다.

18

露沾草 風落木 歲方秋 使君宏放 談笑洗盡古今愁 不見襄陽登
覽 磨滅游人無數 遺恨 難收 叔子獨千載 名與漢江流

- 使君(사군) : 태수. 당시 진강지부(鎭江知府) 방자(方滋)를 가리킨다.
- 襄陽(양양) : 호북성(湖北省)에 있는 현(縣).
- 遺恨(유한) : 끝내 풀리지 않아 대대로 전해지는 한. 현산(峴山)에 오
  른 사람들의 자취가 흔적 없이 사라져 이름조차 남아 있지 않음을 뜻
  한다.
- 叔子(숙자) : 서진(西晉)의 명장 양호(羊祜)의 자(字). 그는 양양(襄
  陽 : 지금의 호북성 양양시)을 다스리는 10여 년 동안 군량미를 충분
  히 비축함으로써 진(晉) 무제의 오나라 정벌을 성사시켰으며 선정을
  베풀어 양양 백성들의 추앙을 한 몸에 받았다. 그는 산수를 사랑하여
  풍경이 아름다울 때면 주위 사람들을 데리고 현산에 올라 술을 마시
  면서 시도 짓고 담소도 나누느라 하루 종일 지칠 줄을 몰랐다. 한번
  은 주위 사람을 돌아보며 "우주가 생기자마자 바로 이 산이 있었을
  것이고 옛날부터 지금까지 나와 그대들처럼 이곳에 올라 먼 곳을 바
  라본 훌륭한 인사들이 많았을 터인데 그 사람들 모두 흔적 없이 사라
  져 이름조차 없으니 이러한 사실이 사람을 슬프게 만드는구려. 만약
  백 년 뒤에 나를 아는 사람이 있다면 혼백이라도 틀림없이 이곳에 오
  를 것이오."라고 말했다. 그의 사후 양양 백성들이 그가 평소 즐겨
  오르던 곳에 비석을 세우고 사당을 지어 제사를 지냈는데 비석을 보
  는 사람들이 모두 눈물을 흘렸기 때문에 후세 사람들이 그 비를 '타
  루비(墮淚碑)'라고 불렀다.
- 漢江(한강) : 한수(漢水). 섬서성(陝西省) 영강현(寧羌縣)에서 발원
  하여 호북성 양양시를 지나 한양(漢陽) 부근에서 장강으로 들어가는 강.

고흥정에 올라 장안의 종남산을 바라보며

가을 드니 변방 성에 뿔피리도 구슬픈데
봉화는 높다란 누대를 비추누나.
슬픈 노래 부르며 축을 타다가
높은 곳에 올라가 술을 뿌리니
그 기분이 참으로 감개무량하구나.

정 많기야 그 누가 남산의 달 같을까
나를 위해 특별히 저녁 구름 걷어 주네.
파교의 버들은 안개에 휩싸이고
곡강지 연못 가의 객관에서는
지금쯤 틀림없이 사람 오길 기다리리!

효종 건도(乾道) 8년(1172) 7월 16일 남송의 최전방인 남정에서 고흥정에 올라가 종남산을 바라보며 장안의 수복을 갈망하는 우국충정을 노래한 것이다. 당시는 왕염(王炎)이 장안을 수복할 북벌 계획을 세우고 있던 때이니만큼 육유는 희망에 부풀어 장안을 바라볼 수 있었다. 마침 그날은 구름도 걷혀 달도 휘영청 밝았으므로 장안을 바라보기에는 더없이 좋은 날이었다. 그의 머릿속에는 온통 북벌군이 오기를 애타게 기다리고 있을 장안 사람들의 기대에 부응하고 싶은 생각뿐이었다.

秋波媚 ── 七月十六日晩, 登高興亭, 望長安南山

秋到邊城角聲哀 烽火照高臺 悲歌擊筑 憑高酹酒 此興悠哉　多
情誰似南山月 特地暮雲開 灞橋烟柳 曲江池館 應待人來

· 秋波媚(추파미) : 곡조 이름. 이것은 「추파미」라는 곡조에 맞추어서
　쓴 가사이다.
· 高興亭(고흥정) : 남정(南鄭 : 지금의 섬서성 한중시(漢中市))에 있
　던 정자.
· 長安(장안) : 지금의 섬서성 서안시(西安市).
· 南山(남산) : 섬서성 남부 장안의 남쪽에 있는 산. 종남산(終南山).
· 邊城(변성) : 남정을 가리킨다. 당시 남정은 남송의 항금전선(抗金戰
　線)이었다.
· 角(각) : 짐승의 뿔로 만든 악기. 모양은 나팔과 비슷하며 군대에서
　많이 사용한다.
· 筑(축) : 거문고 비슷하게 생긴 현악기. 형가(荊軻)가 연(燕)나라 태
　자 단(丹)을 위하여 진시황을 죽이러 떠나갈 때 친구 고점리(高漸離)
　가 그를 송별하며 연주했던 악기로 육유의 적개심이 깃들여져 있다.
· 特地(특지) : 특별히.
· 灞橋(파교) : 장안의 동쪽으로 흐르는 파수(灞水)에 놓인 다리. 이 다
　리 옆에는 버드나무가 매우 많았다.
· 曲江(곡강) : 연못 이름. 당나라 때의 유명한 유원지로 지금의 서안
　시 대남문(大南門) 밖에 옛터가 남아 있다.

금착도행

황금 입혀 만든 칼 백옥으로 꾸몄는데
밤중에 창을 뚫고 밝은 빛이 새어 나간다.
대장부 쉰 살에 아직 공을 못 세워
칼을 들고 혼자 서서 사방을 둘러본다.
서울에서 사귄 사람 모두가 기특한 이
함께 살고 함께 죽자 의기 있게 약속했지.
천 년 동안 전해질 역사 기록에
이름이 없음을 부끄럽게 여기나니
일편단심 천자께 보답해야지.
근래에 은하 가에서 종군했나니
종남산이 새벽 눈 맞아 옥산으로 변했었지.
아아 초나라는 비록 세 집뿐이라도
강력한 진나라를 무찌를 수 있었거늘
당당한 중국에 사람이 없을 턱이 없지.

마흔아홉 살 때인 선노 9년(1173) 가주(嘉州 : 지금의 사천성(四川省)
낙산시(樂山市))에서 지은 것이다. 밤중에 칼을 들고 사방을 둘러보는 시
인의 자태에 적을 무찌르고 중원 땅을 수복하려는 열망이 넘쳐 흐른다.

金錯刀行

黃金錯刀白玉裝 夜穿窗扉出光芒 丈夫五十功未立 提刀獨立顧
八荒 京華結交盡奇士 意氣相期共生死 千年史策恥無名 一片丹
心報天子 爾來從軍天漢濱 南山曉雪玉嶙峋 嗚呼楚雖三戶能亡
秦 豈有堂堂中國空無人

- 金錯刀(금착도) : 황금으로 도금한 칼.
- 窗扉(창비) : 창문.
- 光芒(광망) : 광선. 빛.
- 八荒(팔황) : 팔방의 끝.
- 京華結交(경화결교) : 서울에서 교분을 맺다. 소흥 32년(1162)에 효
  종(孝宗)이 즉위하자 장준(張浚)을 기용하여 북벌을 계획했다. 육유
  도 효종의 부름을 받아 진사출신(進士出身)을 하사받고 북벌 계획에
  동참했는데 이때 장준 등의 많은 항금지사(抗金志士)들과 교분을 맺
  었다.
- 史策(사책) : 역사를 기록한 간책(簡策)이라는 뜻으로 역사 기록을
  가리킨다.
- 爾來(이래) : 근래. 요사이.
- 天漢濱(천한빈) : 은하수의 가. 머나먼 변방 지역을 가리킨다.
- 嶙峋(인순) : 산이 첩첩이 쌓여 깊은 모양.
- 楚雖三戶能亡秦(초수삼호능망진) : 초나라 회왕(懷王)이 속아서 진나
  라에 들어갔다가 죽자 초나라 사람들이 매우 분개했는데 그때 "초나
  라가 비록 세 집뿐이라 해도, 진나라를 멸망시키는 것은 틀림없이 초
  나라일 것이다.(楚雖三戶, 亡秦必楚.)"라는 초나라 민요가 있었다.

꿈에 본 일을 적어 사백혼에게 보낸다

눈 내리는 이른 새벽
구성진 호드기 소리 예서 제서 들리네.
꿈속에 노닐던 곳
어디였을까?
철기가 소리 없이 강물인 양 흘러간 곳
생각해 보니 그곳은 나라의 변방
안문관의 서쪽이요
청해호의 끝이었네.

夜遊宮 ── 記夢寄師伯渾

雪曉淸笳亂起　夢遊處　不知何地　鐵騎無聲望似水　想關河　雁門西　靑海際

· 夜遊宮(야유궁) : 곡조 이름. 이것은 「야유궁」이라는 곡조에 맞추어
　서 쓴 가사이다.
· 伯渾(백혼) : 사혼보(師渾甫)의 자(字). 사천성 미산시(眉山市) 사람
　으로 재주가 뛰어나고 글씨에 능하였으나 평생 동안 벼슬을 하지 않
　고 은거했다.
· 笳(가) : 호드기. 버들가지나 밀짚 따위로 만든 피리의 일종.
· 鐵騎無聲(철기무성) : 철갑을 입은 기병들이 소리를 내지 않고 조용
　히 행군하는 것을 가리킨다.
· 雁門(안문) : 산서성 대현(代縣)의 서북쪽에 있던 관문의 이름.
· 靑海(청해) : 지금의 청해성(靑海省)에 있는 호수의 이름.

잠에서 깨어나니 등불은 싸늘하고
물시계의 물소리도 끊어졌는데
창호지에 비스듬히 달이 비치네.
만 리 밖 변방에서 전공을 세워
제후에 봉해질 것 자부하나니
누가 알리오
머리 비록 세었어도
이 몸의 우국충정 아직 식지 않았음을?

육유가 사혼보를 알게 된 것이 건도 9년(1173)에 가주로 부임해 가는
도중 미산(眉山)을 지날 때였고, 사혼보가 세상을 떠난 때가 순희(淳熙)
4년(1177)이었으므로 이 가사는 건도 9년과 순희 4년 사이에 지은 것이다.
당시로서는 결코 적지 않은 쉰 살 전후의 나이였음에도 불구하고 변방에
서 적과 싸우며 중원을 수복하는 일을 꿈꾸고 자신이 언젠가 나라를 위해
크게 공을 세울 수 있으리라는 자부심을 잃지 않고 있음을 엿볼 수 있다.

睡覺寒燈裏　漏聲斷　月斜窗紙　自許封侯在萬里　有誰知　鬢雖殘
心未死

· 漏聲斷(누성단) : 밤 시간을 알리는 물시계의 물이 다 떨어졌다는 것
　은 밤이 거의 다 지나갔음을 뜻한다.
· 封侯在萬里(봉후재만리) : 만 리 밖의 변방에서 공을 세워 제후에 봉
　해지다.

이릉을 막 떠나며

웅장한 북과 피리 우레처럼 강을 흔들고
수많은 여울 다 지나고 물길이 끊어져 막다른 듯했
네.
까마득한 저 너머로 산은 낮고 강은 머니
순식간에 땅이 열리고 하늘이 툭 트였네.
커다란 송골매는 하늘을 가로실러
저 멀리서 강둑을 스치며 아스라이 날아가고
물고기는 뛰어나와 하늘 높이 오르려 하네.
오늘 아침의 기쁜 일을 그대는 아시는가?
서른 자짜리 노란 기가 순풍에 춤을 추는 거라네.

순희 5년(1178) 육유는 8년간에 걸친 섬서 지방과 사천 지방의 관직 생활을 끝내고 항주에 있는 조정으로 들어갔다. 이 시는 그해 5월 삼협을 벗어난 곳에 있는 이릉을 떠나면서 지은 것으로 이릉 지방의 툭 트인 지형을 보고 황제 앞에서 북벌의 꿈을 펼칠 자신의 장래를 낙관한 것이다.

初發夷陵

雷動江邊鼓吹雄　百灘過盡失途窮　山平水遠蒼茫外　地辟天開指顧中　俊鶻橫飛遙掠岸　大魚騰出欲凌空　今朝喜處君知否　三丈黃旗舞便風

· 夷陵(이릉) : 지금의 호북성 의창시(宜昌市). 구당협(瞿塘峽)·무협(巫峽)·서릉협(西陵峽)의 삼협 가운데 가장 하류에 있는 서릉협을 벗어난 곳에 있는 도시로 여기서부터 장강 주변에 평지가 펼쳐진다.

· 鼓吹(고취) : 북을 치고 피리를 불다. 옛날에는 배가 험난하기 짝이 없는 삼협을 지날 때 뱃사공이 북을 쳐서 사악한 기운을 물리치고 안전 운행을 도모했다.

· 失途窮(실도궁) : 삼협에는 강이 험악한 산악을 따라 심하게 굴절하기 때문에 멀리서 보면 마치 물길이 끊어진 것처럼 보이는 경우가 더러 있다.

· 蒼茫(창망) : 넓고 멀어서 어슴푸레하고 아득한 모양.

· 指顧(지고) : 손가락으로 한 번 가리키고 눈으로 한 번 돌아보는 짧은 시간.

· 俊鶻(준골) : 커다란 송골매.

· 喜處(희처) : 기쁜 점. 삼협을 벗어난 자신의 배가 앞으로는 순풍을 맞아 순탄하게 운항되고 자신은 조정으로 들어가 항금(抗金) 의지를 펼치게 될 것이라는 기대를 아울러 가리킨다.

· 黃旗(황기) : 천자의 군대가 다는 기. 직접적으로는 자신의 배에 달린 기를 가리키면서 동시에 천자의 군대가 다는 기라는 상징적인 의미를 지닌다. 당시 육유는 황제가 자신에게 항금 투쟁의 군대를 지휘하게 해 줄 것으로 믿었다.

· 便風(편풍) : 순풍.

상심정에 올라

촉 땅의 잔도와 진 땅의 관문에서
이리 갔다 저리 갔다 바쁜 세월 다 보내고
금년에 신이 나서 동쪽으로 돌아가네.
온 가족이 무사히 황우협을 내려와
반쯤 취한 상태에서 백로주를 찾아왔네.
갖 구름이 어둑어둑 과보산에 비 내리고
나뭇잎이 우수수 석두성에 가을 왔네.
외로운 신하는 늙어서도 마음속에 시절 걱정
천도를 청하려니 눈물 먼저 흐르네.

순희 5년(1178) 소환령을 받고 항주로 돌아가는 도중 지금의 남경에 있
던 상심정에 올라가 북쪽으로 중원 땅을 바라보며 지은 것이다. 다시금
황제와 더불어 중원 수복의 계획을 논의할 수 있을 것이라는 희망과 그것
이 결코 쉽지는 않을 것이라는 걱정이 교차되어 있다. 남송의 조정에서
주화파는 항주를 수도로 삼아야 한다고 주장하고 주전파는 건강(建康 :
지금의 강소성 남경시)을 수도로 삼아야 한다고 주장했다. 항주는 금나라
의 심기도 건드리지 않고 유사시에 도망가기에도 편리한 곳이었고 건강은
역대 왕조의 수도요 군사 요충지로서 잃어버린 중원 땅을 수복하기에 편
리한 곳이었다. 대표적인 주전파 인사인 육유는 옛날에도 건강으로 천도
를 주장했다가 무위로 끝난 적이 있는데 중원 수복의 열망이 식을 줄 모
르는 그는 지금 조정으로 들어가면 다시 천도의 필요성을 주장할 셈이다.

登賞心亭

蜀棧秦關歲月遒　今年乘興却東遊　全家穩下黃牛峽　半醉來尋白鷺洲　黯黯江雲瓜步雨　蕭蕭木葉石城秋　孤臣老抱憂時意　欲請遷都涕已流

5월 11일 한밤중에

천보 때에 오랑캐 군사가 두 도성을 함락한 후
북정과 안서에는 우리 진영이 없었네.
오백 년간 버려두고 불문에 붙이더니
성왕께서 조칙을 내려 처음으로 친정하시네.
용감한 무사 백만 명이 임금님 수레를 따르니
겨문 내릴 필요도 없이 예 땅이 함락돼네
머나먼 변새에 성을 쌓고 새 지도를 바치니
행궁에서 의장을 벌이고 대사면을 베푸시네.

五月十一日夜且半, 夢從大駕親征, 盡復漢唐故地, 見
城邑人物繁麗, 云西涼府也. 喜甚, 馬上作長句, 未終篇
而覺, 乃足成之

天寶胡兵陷兩京 北庭安西無漢營 五百年間置不問 聖主下詔初
親征 熊羆百萬從鑾駕 故地不勞傳檄下 築城絶塞進新圖 排仗行
宮宣大赦

- 且半(차반) : 한밤중이 다 되어 가다.
- 長句(장구) : 칠언고시(七言古詩)의 별칭.
- 西涼府(서량부) : 양주(涼州). 지금의 감숙성 무위시(武威市) 일대로
  송나라 때는 서하(西夏)에 점령당해 있었다.
- 天寶胡兵陷兩京(천보호병함양경) : 당나라 현종 천보(天寶) 14년
  (755)에 안록산(安祿山)이 난을 일으켜 서도 장안과 동도 낙양을 모
  두 함락시킨 사실을 가리킨다.
- 北庭安西(북정안서) : 북정도호부(北庭都護府)와 안서도호부. 둘 다
  지금의 신강성(新疆省) 부원현(孚遠縣)에 있었다.
- 漢營(한영) : 한족(漢族)의 진영.
- 五百年(오백년) : 안사지란(安史之亂)이 일어난 해(755)로부터 1180년
  까지의 425년을 가리킨다.
- 聖主(성주) : 효종을 가리킨다.
- 熊羆(웅비) : 곰과 말곰. 용감한 무사를 가리킨다.
- 鑾駕(난가) : 천자가 타는 수레.
- 不勞傳檄(불로전격) : 격문을 전하느라 애쓰지 않다.
- 下(하) : 항복하다. 함락되다.
- 絶塞(절새) : 아주 멀리 떨어진 변새 지방.
- 新圖(신도) : 수복지구를 그려 넣은 새로운 지도.
- 排仗(배장) : 의장(儀仗)을 벌이다.
- 行宮(행궁) : 임금이 나들이할 때 머무는 별궁.

언덕과 산은 보이는 게 모두 우리 땅이요
문서에는 처음으로 순희라는 연호를 쓰네.
어가 앞의 국군에는 금수 깃발이 찬란하고
북소리 나팔소리 가을바람에 하늘을 메우네.
목숙봉(苜蓿峯) 앞에는 온통 관문뿐이요
평화의 봉화는 교하(交河) 위에 오르는데
누각에 가득한 양주(涼州)의 아가씨들
머리 모양 벌써부터 서울풍을 배웠네.

순희 7년(1180) 쉰여섯 살 때 무주(撫州 : 지금의 강서성 임천시(臨川
市))에서 잃어버린 옛 땅을 수복하는 감격스러운 꿈을 꾸고 지은 것이다.

岡巒極目漢山川 文書初用淳熙年 駕前六軍錯錦繡 秋風鼓角聲
滿天 苜蓿峯前盡亭障 平安火在交河上 涼州女兒滿高樓 梳頭已
學京都樣

- 岡巒(강만) : 언덕과 산.
- 極目(극목) : 시야가 미치는 데까지 한껏 바라보다.
- 淳熙(순희) : 남송 효종의 연호(1174~1189)
- 六軍(육군) : 천자가 보유하는 군대.
- 錯錦繡(착금수) : 비단 천의 수에 오색이 뒤섞이다.
- 苜蓿峯(목숙봉) : 분명하지는 않으나 지금의 감숙성과 신강성 사이에
  있었을 것으로 보인다.
- 亭障(정장) : 변방의 요새에 설치하여 사람의 출입을 통제하는 관문.
- 平安火(평안화) : 평안을 알리는 봉화. 당나라 때는 30리마다 하나씩
  봉화대를 설치하고 매일 초저녁에 봉화를 올려 나라가 평안함을 알
  렸다.
- 交河(교하) : 지금의 신강성 토로번시(吐魯番市) 서북쪽에 있는 현.
  당나라 때 안서도호부를 설치했던 곳이다.
- 梳頭(소두) : 머리를 단장하다.
- 京都樣(경도양) : 서울에서 유행하는 양식.

가을밤이 새려 할 때 울타리 문을 나서서 바람
을 쐬며

삼만 리 황하는 동으로 흘러 바다에 들고
오천 길 화산은 하늘을 어루만지련만
오랑캐의 먼지 속에
유민들은 눈물조차 말라 버린 채
국군을 기다리다 소원을 못 이루고
남쪽을 바라보며 또 한 해를 보내겠지.

소희(紹熙) 3년(1192) 가을에 고향 산음에서 지은 것이다. 관직에서 물
러나 고향에 은거하던 예순여덟 살의 노령이었음에도 불구하고 새벽 산책
때 문득 북쪽에 두고 온 조국 산천과 동포를 떠올릴 만큼 그의 애국심은
식을 줄을 몰랐다.

秋夜將曉出籬門迎涼有感二首(其二)

三萬里河東入海　五千仞嶽上摩天　遺民淚盡胡塵裏　南望王師又
一年

- 籬門(이문) : 담 대신에 풀이나 대나무 등을 얽어서 울타리를 친 집의 문.
- 迎涼(영량) : 바람을 쐬다.
- 仞(인) : 길. 한 길은 여덟 자이다.
- 嶽(악) : 서악(西嶽)인 화산(華山)을 가리킨다. 육유의 「추운 밤의 노래(寒夜歌)」에 "삼만 리의 황하는 동해로 들어가고, 오천 길의 화산은 하늘을 어루만진다.(三萬里之黃河入東海, 五千仞之太華摩蒼昊.)"라는 구절이 있다.
- 王師(왕사) : 천자의 군대. 즉 국군.
- 又一年(우일년) : 이런 식으로 여러 해가 헛되이 지났음을 암시한다.

동짓달 초나흗날 비바람이 크게 일어

외딴 마을에 누워 있어도 스스로 슬퍼 않고
오히려 나라 위해 윤대 지킬 생각을 한다.
이슥한 밤에 드러누워 비바람 소리 듣노라니
언 강을 달리는 전마가 꿈속으로 들어온다.

소회 3년 겨울에 휘몰아치는 비바람 소리를 들으며, 전쟁터에서 갑옷을
입고 얼어붙은 강 위를 날려가는 전마를 연상하여 지은 것이다. 예순여덟
살의 노인에게 비바람 치는 소리가 말 달리는 소리로 들렸다는 사실이 그
의 남다른 애국심을 짐작케 한다.

十一月四日風雨大作二首(其二)

僵臥孤村不自哀 尙思爲國戌輪臺 夜闌臥聽風吹雨 鐵馬冰河入夢
來

· 僵臥(강와) : 자빠져 눕다.
· 輪臺(윤대) : 옛날 지명. 지금의 신강성 윤대현(輪臺縣) 동남쪽에 있
  던 땅으로 본래 윤대국(輪臺國)이라는 나라였는데 한나라 무제 때 중
  국에 복속되었다. 여기서는 먼 변새 지방을 가리킨다.
· 夜闌(야란) : 밤이 이슥해지다.
· 鐵馬(철마) : 갑옷을 입은 전마(戰馬).
· 冰河(빙하) : 얼어붙은 강.

아들들에게

죽고 나면 만사가 공허한 줄 알지만
구주가 하나 됨을 못 본 것이 슬퍼라.
국군이 북벌하여 중원을 평정할 제
제사 때 아비에게 잊지 말고 알려라.

육유는 가정(嘉定) 2년(1209) 12월 29일에 세상을 떠났다. 이 시는 그가
죽기 전에 마지막으로 지은 절필시(絶筆詩)요 여섯 명의 아들에게 남긴
유언이다.

示兒

死去元知萬事空　但悲不見九州同　王師北定中原日　家祭毋忘告
乃翁

· 元知(원지) : 원래부터 알다. '원지(原知)'와 같다.
· 九州(구주) : 고대에 중국을 아홉 개 주(州)로 나누었던 데서 연유하
여 중국 전토를 가리키는 말.
· 乃翁(내옹) : 너희들의 아버지. 육유 자신을 가리킨다.

전성남

성곽의 남쪽으로 국군이 출전하니
성곽의 북쪽에 먼지가 자욱했네.
국군의 전마는 수놓은 듯 잘 배치되어
나갔다 들어왔다 변화무쌍하였네.
역적 놈의 오랑캐가 하늘을 속이고 중국을 쳤지만
넘와 이리 사나운들 닥닝을 어찌 이길쏘냐?
말 앞에서 쏼라쏼라 다투어 항복을 비느라
칼과 창이 여기저기 어지럽게 놓여 있고
장군이 깃발 잡고 언덕배기에 말 세우고
기병을 보내 명령을 전하나니 의심을 하지 마라.
조서에서 너희들을 살려 주라 했거늘
왜 다리가 후들거리고 땀이 비 오듯 하느냐?

금나라와의 전투에서 통쾌한 승리를 거두어 즉석에서 금나라의 항복을
받아들이고 그들의 죄를 너그럽게 용서하는 장면을 다소 해학적인 필치로
그렸다. 그러나 이것은 실제기 이니라 시인이 상상력을 동원하여 그린 한
폭의 상상화이다. 이렇게 금나라를 쳐부수는 상상을 다 할 만큼 그의 항
금 의지는 간절했다.

戰城南

王師出城南　塵頭暗城北　五軍戰馬如錯繡　出入變化不可測　逆胡
欺天負中國　虎狼雖猛那勝德　馬前嘔咿爭乞降　滿地縱橫投劍戟
將軍駐坡擁黃旗　遣騎傳令勿自疑　詔書許汝以不死　股栗何爲汗
如洗

- 戰城南(전성남) : 한대(漢代) 악부(樂府)의 곡조 이름.
- 塵頭(진두) : 자욱하게 흩날리는 먼지
- 五軍(오군) : 다섯 가지로 구성된 군제(軍制). 조정의 군대를 통칭한
  다.
- 錯繡(착수) : 무늬가 교착된 자수. 군대의 진용이 매우 조화롭게 펼
  쳐짐을 뜻한다.
- 中國(중국) : 중원. 송나라를 가리킨다.
- 嘔咿(올이) : 알아듣지 못할 외국어를 지껄이는 소리. 금나라 사람이
  말하는 소리를 형용한다.
- 黃旗(황기) : 송나라 장군의 깃발.
- 股栗(고율) : 다리가 후들거리다.

이 몸은 시인이나 되어야 하는 걸까

빗소리를 들으며

강개한 이 마음은 아직도 비장한데
뜻을 못 이룬 채 살쩍에 이미 가을이 왔네.
우리 인생 백 년은 짧디 짧은데
오만 가지 세상사는 끝이 날 줄 모르네.
물고기의 천 리임을 모르고 날뛰어 봐야
결국은 한 구릉이 오소리인 따름인데.
밤이 이슥하여 소낙비 소리 들려오매
일어나 앉으니 눈물이 쏟아지네.

건도 4년(1168) 산음에서 칩거할 때 너무나 견고한 현실의 벽 때문에
중원 수복의 꿈을 이루지 못한 채 한 살 한 살 나이만 먹어 가는 자신의
심리적 갈등을 노래한 것이다.

聞雨

慷慨心猶壯　蹉跎鬢已秋　百年殊鼎鼎　萬事只悠悠　不悟魚千里
終歸貉一丘　夜闌聞急雨　起坐涕交流

· 蹉跎(차타) : 발이 물건에 걸려 넘어지다. 뜻을 이루지 못한 채 세월
만 보내다.

· 鬢已秋(빈이추) : 살쩍이 벌써 가을 서리를 맞은 것처럼 하얘지다.

· 鼎鼎(정정) : 세월이 빨리 흐르는 모양.

· 魚千里(어천리) : 물고기의 천 리. 연못을 뱅뱅 돌며 하루 종일 헤엄
친 물고기가 천 리나 왔다고 생각하지만 사실은 제자리임을 뜻한다.
춘추시대의 범려(范蠡)는 자신의 연못에 돌을 쌓아 아홉 개 섬을 만
들고 그 사이를 맴돌며 헤엄치게 함으로써 물고기가 살찌게 했다.

· 終歸貉一丘(종귀학일구) : 결국은 일구지학(一丘之貉), 즉 한 구릉
의 오소리로 귀착되다. 현명한 사람과 어리석은 사람의 구별도 없고
고귀한 사람과 빈천한 사람의 구별도 없이 궁극적으로는 모두 죽음이
라는 하나의 운명을 맞게 된다는 뜻이다. 『한서(漢書)』 「양운전(楊惲
傳)」에 "옛날과 지금이 한 구릉에 있는 오소리와 같다.(古與今如一丘
之貉.)"라는 구절이 있고 "한 구릉의 오소리란 같은 부류라는 말이
다.(一丘之貉, 言其同類也.)"라는 주(注)가 붙어 있다.

· 夜闌(야란) : 밤이 이슥해지다.

· 交流(교류) : 두 줄기가 나란히 흐르다.

황주

움츠러들며 언제나 초나라 죄수 같음을 슬퍼하고
굴러다니며 또한 제나라 배우 같음을 한탄하네.
강물 소리는 영웅의 한을 다 풀어 주지 못하는데
천심에는 사심이 없어 초목에 가을이 왔네.

黃州

局促常悲類楚囚　遷流還歎學齊優　江聲不盡英雄恨　天意無私草
木秋

- 黃州(황주) : 지금의 호북성 황강시(黃岡市) 황주구(黃州區). 장강
  연안의 도시로 무한시(武漢市)보다 조금 더 하류에 있다.
- 局促(국촉) : 몸을 움츠리는 모양.
- 楚囚(초수) : 초나라의 포로. 『좌전(左傳)』「성공 9년(成公九年)」에
  "진나라 제후가 군수품 창고를 시찰하다가 종의를 보고 '남방의 모자
  를 쓰고 묶여 있는 자는 누구인가?'라고 묻자 담당자가 '정인이 바친
  초나라의 포로입니다.'라고 했다.(晋侯觀于軍府, 見鍾儀, 問之曰:
  '南冠而縶者, 誰也?' 有司對曰: '鄭人所獻楚囚也.')"라는 일화가 있
  다. 그뒤로 '초수(楚囚)'는 궁지에 처한 사람을 뜻하는 말로 쓰이는
  데 여기서는 관직에 얽매인 시인 자신을 가리킨다.
- 遷流(천류) : 이리저리 흘러다니다.
- 齊優(제우) : 제나라의 배우. 공자(孔子)가 노(魯)나라에서 대사구(大
  司寇)를 맡고 있을 때 제나라가 여자 배우 여든 명을 노나라에 보냈
  다. 그러자 임금이 하루 종일 그들의 공연을 보느라 정치를 소홀히
  했고 공자는 마침내 관직을 그만두고 떠났다.(『사기(史記)』「공자세
  가(孔子世家)」) 여기서 제우(齊優)는 관직에 얽매여 마음에 없는 일
  도 하지 않으면 안 되는 시인 자신을 가리킨다.

만 리 밖의 나그네 설움이 백발을 더하는데
돛 하나가 찬 날씨에 황주를 지나가네.
그대 보게나 적벽의 지난 자취
손권과 같은 아들을 낳을 필요가 없다네.

건도 6년(1170) 기주(夔州 : 지금의 사천성 봉절현(奉節縣))의 통판(通
判)으로 부임하러 가는 길에 황주를 지나면서 지은 것으로, 적을 쳐부수
고 중원 땅을 수복하고 싶은 뜻은 펴지 못한 채 관직에 얽매여 마음에도
없는 곳을 이리저리 떠돌아 다녀야 하는 자신의 신세를 한탄한 시이다.

萬里羈愁添白髮 一帆寒日過黃州 君看赤壁終陳迹 生子何須似
仲謀

· 赤壁(적벽) : 황주의 장강 가에 있는 절벽. 소식(蘇軾)이 「적벽부(赤
壁賦)」와 「염노교(念奴嬌)―적벽회고(赤壁懷古)」를 지어서 유명해진
곳이다. 이곳은 원래 적비기(赤鼻磯)라는 곳으로 적벽대전(赤壁大戰)
의 현장이 아니지만 소식과 육유는 그렇다고 간주하고 글을 지었다.
적벽대전의 현장인 적벽은 무한시에서 상류로 좀 더 올라간 호북성
적벽시(赤壁市)에 있다.
· 陳迹(진적) : 옛날의 발자취.
· 仲謀(중모) : 손권의 자(字). 적벽대전이 일어나기 전에 손권은 노숙
(魯肅), 주유(周瑜)와 함께 굳건하게 조조(曹操)에게 대항했다. 조조
는 나중에 오나라 군사의 늠름한 기상을 보고 탄식하며 "아들을 낳으
려면 마땅히 손권과 같아야 하리.(生子當如孫仲謀.)"라고 말했다. 마
지막 두 구절은 손권 같은 영웅도 언젠가는 자취를 감추고 만다는 허
무주의적인 표현이지만, 이는 육유의 본심이라기보다 오히려 자조적
이고 반어적인 표현이라고 할 수 있다.

검문관을 지나는 길에 가랑비를 맞으며

옷 위에는 먼지와 술 자국이 뒤범벅
멀리 돌아다님에 가슴 안 미어진 곳 없었네.
이 몸은 시인이나 되어야 하는 걸까?
가랑비 속에 나귀를 타고 검문으로 들어가네.

육유는 사천선무사(四川宣撫使) 왕염의 부름을 받아 최전방인 남정에서
왕염 및 그 막부의 장군들과 함께 북벌 준비를 하고 있었다. 그러던 중
건도 8년(1172) 왕염이 돌연 항주로 소환되고 막부가 해체되는 바람에 육
유는 북벌의 꿈을 접고 임지를 성도(成都)로 옮겨야 했다. 이 시는 그해
겨울 성도로 들어가기 위해 검문관을 지나면서 만감이 교차하는 그의 심
경을 토로한 것이다. 위험한 전방에서 안전한 후방으로 들어가면서 오히
려 못마땅해하는 마음가짐과, 조국의 운명이 위급존망지추에 처해 있는데
도 시나 쓰고 있는 시인이기를 거부하는 태도를 통하여, 그의 불타는 애
국심을 엿볼 수 있다.

劍門道中遇微雨

衣上征塵雜酒痕　遠遊無處不消魂　此身合是詩人未　細雨騎驢入
劍門

· 劍門(검문) ： 검문관(劍門關). 촉(蜀)으로 들어가는 관문으로 검주
(劍州 ： 지금의 사천성 검각현(劍閣縣))의 대검산(大劍山)과 소검산
(小劍山) 사이에 있는데 산세가 하도 험악하여 30리나 되는 잔도(棧
道)가 있다.
· 消魂(소혼) ： 기쁘거나 슬퍼서 정신이 아뜩해지다.
· 合(합) ： 마땅히 ……해야 하다.
· 未(미) ： '부(否)'와 같다.

남정에서 막 성도로 와서

깃털 장식 화살에 아로새긴 활
오래된 보루에서 매에게 호령하고
드넓은 평야에서 호랑이를 잡았었지.
호드기 불며 황혼 녘에 야영지로 돌아오면
푸른 담요 장막에 눈이 잔뜩 내리고
취한 채 붓을 들면 머문이 뚝뚝 떨어져
종이 위에 용과 뱀이 꿈틀거리며 다녔었지.
사람들은 이 사람을 바로 알지 못하고
시적인 정감과 장수의 지략이 있어
재기가 한 시대에 우뚝하다 했었지.

54

漢宮春──初自南鄭來成都作

羽箭雕弓 憶呼鷹古壘 截虎平川 吹笛暮歸野帳 雪壓靑氈 淋漓
醉墨 看龍蛇飛落蠻箋 人誤許 詩情將略 一時才氣超然

- 漢宮春(한궁춘) : 곡조 이름. 이것은 「한궁춘」이라는 곡조에 맞추어
  서 쓴 가사이다.
- 南鄭(남정) : 당시 남송의 최전방으로, 강력한 주전파였던 육유는 효
  종 건도 8년(1172) 3월 사천선무사 왕염의 부름을 받아 이곳에 도착
  하여 반년 동안 북벌의 의지를 불태웠다.
- 成都(성도) : 왕염이 항주로 소환되어 간 이후 육유는 성도부안무사
  참의관(成都府安撫司參議官)에 임명되어 성도로 갔다.
- 平川(평천) : 평원. 육유는 남정에 있을 때 활로 호랑이를 쏘아 죽인
  적이 있었다. 그의 「옛날 생각(憶昔)」이라는 시에 "칼을 뽑아 호랑이
  새끼를 찌르니, 피가 튀어 담비 갖옷이 시뻘개졌네.(挺劍刺乳虎, 血
  濺貂裘殷.)"라는 구절이 있다.
- 淋漓(임리) : 먹물이 뚝뚝 떨어지는 모양.
- 龍蛇飛落(용사비락) : 글씨가 자유분방한 모양.
- 蠻箋(만전) : 사천 지방에서 나는 채색 종이.
- 誤許(오허) : 사실을 잘못 알고 지나치게 칭찬하다. 오인하다.
- 詩情將略(시정장략) : 시를 읊을 수 있는 풍부한 정감과 장수가 될
  만한 뛰어난 지략.

무슨 일로 다시금 남쪽으로 오게 되어
중양절의 약령시와
산더미 같은 대보름의 꽃등이나 보고 있나?
온갖 꽃이 만발하여 사람마다 즐길 때면
모자는 삐딱하고 말 채찍은 축 처지네.
노랫소리 들으면 옛난 생각 간절해져
지금도 때때로
술잔 앞에 앉아서 남몰래 눈물 짓네.
그대 기억하게나
공을 세워 제후에 봉해진 일이 있음을.
공명이 하늘에 달렸단 말 나는 믿지 않는다네.

마흔여덟 살 때인 건도 8년(1172) 육유가 지휘하던 북벌 준비가 무위로
끝나고 임지를 성도로 옮겼다. 이 가사는 그 이듬해인 건도 9년(1173) 성
도에서 지은 것이다. 상편에서는 최전방인 남정에서 중원 수복의 야심을
불태우며 호쾌하게 지내던 일을 회상했고, 하편에서는 후방인 성도에서
한가롭게 지내는 따분한 생활을 하소연하면서 문득문득 솟구치는 애국의
열정을 내비치고 있다.

何事又作南來　看重陽藥市　元夕燈山　花時萬人樂處　欹帽垂鞭
聞歌感舊　尙時時　流涕尊前　君記取　封侯事在　功名不信由天

· 重陽藥市(중양약시) : 성도에서는 매년 9월 9일에 성대하게 약령시를
  열었다. (육유의 『노학암필기(老學菴筆記)』)
· 燈山(등산) : 정월 대보름에 산 모양으로 늘어놓은 화등(花燈).
· 花時(화시) : 꽃이 만발할 때. 성도에서는 매년 꽃이 만발할 무렵이
  되면 성대한 꽃놀이를 했다.
· 欹帽(의모) : 용의가 단정하지 않음을 뜻한다.
· 垂鞭(수편) : 말에게 채찍을 가하지 않고 천천히 걷게 함을 뜻한다.
· 封侯事(봉후사) : 후한의 명장 반초(班超 : 32~102)는 가난한 집안
  출신이지만 서역에서 흉노족 등의 오랑캐와 싸워서 공을 많이 세운
  결과 정원후(定遠侯)에 봉해졌다.

장가행

사람의 한평생 안기생이 되어서
취한 채 동해로 가서 큰 고래를 못 탄다면
차라리 세상에 나가 이서평이 되어서
손으로 역적을 죽이고 옛 서울을 맑혀야 하리.
빛나는 황금 도장 아직 얻지 못했는데
무심하게 때주때주 흰머리가 찾아왔네.
성도의 늦가을에 옛 절에 누웠으니
석양이 때마침 승방의 창으로 비쳐 드네.
어떻게 말 위에서 적을 무찌른 손으로
시나 읊어 언제나 쓰르라미 소리 내리오?

長歌行

人生不作安期生 醉入東海騎長鯨 猶當出作李西平 手梟逆賊淸
舊京 金印煌煌未入手 白髮種種來無情 成都古寺臥秋晚 落日偏
傍僧窗明 豈其馬上破賊手 哦詩長作寒螿鳴

· 長歌行(장가행) : 고악부(古樂府)의 곡명.

· 安期生(안기생) : 진(秦)나라 때 낭야(瑯琊 : 지금의 산동성 제성시
(諸城市) 동남쪽)에 살았다는 신선. 진시황이 동해에 놀러 갔다가 사
흘 동안 그와 이야기를 나눈 뒤 많은 금과 비단을 주었다. 그러나 그
는 그것을 모두 버리고 신발 한 켤레와 편지 한 장을 남기며 수십 년
뒤에 봉래산(蓬萊山) 밑으로 자기를 찾으러 오라고 했다. 진시황이
사자를 보내 바다로 나가 그를 찾게 했으나 매번 도중에 풍파를 만나
그냥 돌아왔다. (유향의 『열선전(列仙傳))』)

· 李西平(이서평) : 당나라 장수로 서평군왕(西平郡王)에 봉해진 이성
(李晟). 덕종(德宗) 건중(建中) 3년(782) 경원절도사(涇原節度使) 주체
(朱泚)가 반란을 일으켰는데 이성이 이를 평정하여 안정을 되찾았다.

· 金印(금인) : 황금으로 만든 귀인의 도장.

· 煌煌(황황) : 반짝반짝 빛나는 모양.

· 未入手(미입수) : 아직 공을 이루지 못했음을 뜻한다.

· 種種(종종) : 머리가 짧은 모양.

· 成都古寺(성도고사) : 당시 그가 묵고 있던 성도의 안복원(安福院).

· 秋晚(추만) : 늦은 가을.

· 偏(편) : 마침. 뜻밖에.

· 傍(방) : 다가가다. 가까이 가다.

· 豈其(기기) : 어찌 ……할 수 있는가?

· 哦詩(아시) : 시를 읊다.

· 寒螿(한장) : 쓰르라미.

흥이 나면 시장 다릿목의 술을 몽땅 다 사 버려
큰 수레에 수북이 긴 병이 쌓여 있고
구슬픈 악기와 호방한 악기가 폭음을 조장하여
거야못이 쏟아져 드는 황하 물을 맞는 듯하네.
평상시에는 한 방울도 입에 넣지 않다가
이기가 동하면 갑자기 천 사람을 놀라게 하네.
나라의 원수 못 갚은 채 장사가 늙어가매
상자 속의 보검이 밤만 되면 우나니
어느 때에나 이기고 돌아가 장병들에게 잔치 베풀꼬
삼경에 눈에 덮인 비호성에서?

순희 원년(1174) 쉰 살에 촉주통판(蜀州通判)에서 이임하여 성도에 있
는 안복원(安福院)이라는 절에 머물 때 지은 것이다. 원수를 갚지 못해
통탄스러운 마음이 구구절절이 배어 있다. 호방한 기상과 변화로운 구성
이 잘 어우러진 작품으로 육유의 칠언고시 가운데 대표적인 작품으로 꼽
힘은 물론 육유의 시 전체에서 압권으로 꼽히기도 한다.

興來買盡市橋酒 大車磊落堆長瓶 哀絲豪竹助劇飮 如鉅野受黃
河傾 平時一滴不入口 意氣頓使千人驚 國仇未報壯士老 匣中寶
劍夜有聲 何當凱還宴將士 三更雪壓飛狐城

· 磊落(뇌락) : 많이 쌓인 모양.
· 哀絲豪竹(애사호죽) : 구슬픈 현악기 소리와 호방한 관악기 소리.
· 劇飮(극음) : 폭음(暴飮). 과음.
· 鉅野(거야) : 옛날에 있었던 큰 못의 이름. 지금의 산동성 거야현(鉅
  野縣) 동북쪽에 있었다. 한나라 원광(元光 : 기원전 134~기원전
  129) 연간에 호자구(瓠子口 : 지금의 하남성 복양시(濮陽市)에 있었
  음)에서 황하가 범람하여 이 못으로 넘쳐 들어갔다.
· 匣(갑) : 조그만 상자.
· 何當(하당) : 언제.
· 飛狐城(비호성) : 비호구(飛狐口)를 가리킨다. 비호구는 지금의 하북
  성 내원현(淶源縣) 북쪽에 있던, 하북 평원과 북방의 변경 지역을 연
  결하는 요충지이다.

봄이 저무네

석경산 앞에서 석양을 보내던 일
봄 저물어 돌아보니 그리움이 배가되네.
시절이 좋아 장사는 공도 없이 늙어가고
고향이 멀어 나그네는 꿈속에나 돌아가네.
거여목 싹은 한길을 침범해 뒤엉겨 있고
순무 꽃은 보리밭으로 들어가 듬성듬성 보이네.
떠돌다 지쳐 노쇠가 심함을 스스로 비웃나니
누가 기억하리오 나는 매를 호령하며
취한 채 에워싸고 사냥하던 옛날 일을?

순희 3년(1176) 늦은 봄에 성도부로안무사참의관(成都府路安撫司參議
官)이라는 한직에 있으면서 봄이 저물어 가는 광경을 보고 중원 수복의
꿈을 이루지 못한 채 하릴없이 늙어 가는 자신의 신세를 한탄한 것이다.

春殘

石鏡山前送落暉　春殘回首倍依依　時平壯士無功老　鄕遠征人有
夢歸　苜蓿苗侵官道合　蕪菁花入麥畦稀　倦遊自笑摧頹甚　誰記飛
鷹醉打圍

· 石鏡山(석경산) : 지금의 절강성 임안현에 있는 산.
· 落暉(낙휘) : 낙조(落照). 석양.
· 依依(의의) : 사모하는 모양.
· 時平(시평) : 융흥 2년(1164)의 융흥화의(隆興和議) 이후로 금나라와
　큰 전쟁 없이 소강 상태를 지속했음을 가리키는 냉소적 표현이다.
· 苜蓿(목숙) : 거여목. 길가에 자라는 콩과의 식물. 대개 풋거름이나
　사료로 쓰인다.
· 官道(관도) : 정부에서 만들고 관리하는 큰길.
· 蕪菁(무청) : 순무. 무의 일종으로 뿌리가 크고 봄에 노란 꽃이 피는
　채소.
· 摧頹(최퇴) : 무너지다. 쇠잔하다.
· 打圍(타위) : 에워싸고 짐승을 잡다. 사냥하다.

관산월

오랑캐와 화친하라는 조서가 내려온 지 열다섯 해
장군은 싸움도 못한 채 공연히 변방만 지키고 있네.
붉은 대문의 깊숙한 집에선 노래하고 춤추고
마구간의 말은 죽도록 살찌고 활시위는 끊어졌네.
수루의 조두가 달 지기를 재촉하나니
시근 실에 종군하여 지금은 백발이 되었네.
피리에 담긴 장사의 마음을 그 누가 알리?
모래밭에 헛되이 병사의 해골이 달빛을 받네.
중원의 전쟁 얘기 옛날에도 들었지만
어찌 반역의 오랑캐들이 무도하게 얻은 땅을
그들의 자손에게 전한 적이 있었으리?
유민들은 죽을 고통을 참고 중원 수복을 바라면서
오늘 밤 몇 군데서 눈물 흘릴까?

순희 4년(1177) 성도에서 지은 것이다. 융희 2년(1164)에 맺은 굴욕적인
융흥화의에 만족한 채 입신의 평안만 추구하며 안일하게 지내는 고관대작
들의 매국적인 행태에 대한 불만과 적의 침략 아래 눈물로 세월을 보내고
있을 중원 인민에 대한 동정이 담겨 있다.

關山月

和戎詔下十五年 將軍不戰空臨邊 朱門沈沈按歌舞 廐馬肥死弓
斷弦 戍樓刁斗催落月 三十從軍今白髮 笛裏誰知壯士心 沙頭空
照征人骨 中原干戈古亦聞 豈有逆胡傳子孫 遺民忍死望恢復 幾
處今宵垂淚痕

· 關山月(관산월) : 한대 악부의 곡조 이름.
· 和戎詔下十五年(화융조하십오년) : 효종 융흥 2년(1164)에 융흥화의
  가 맺어졌음을 가리킨다.
· 朱門(주문) : 붉은 칠을 한 귀인의 문.
· 沈沈(침침) : 깊숙한 모양.
· 按歌舞(안가무) : 곡조에 맞추어 노래하고 춤추다.
· 肥死(비사) : 극도로 살이 찌다. '사(死)'는 동사 뒤에 붙어서 정도
  가 극심함을 나타낸다.
· 刁斗(조두) : 구리로 만든 솥 비슷한 기구. 군대에서 낮에는 음식을
  만들고 밤에는 두드려 시간을 알리는 데 사용했다.
· 沙頭(사두) : 모래밭의 가장자리.
· 逆胡(역호) : 반역의 오랑캐.

북으로 중원을 볼 제

세상일이 어려운 줄을 젊을 때는 알지 못해
북으로 중원을 볼 제 그 기개가 산 같았지.
누선을 타고 과주도에서 밤눈을 맞았었고
철마를 타고 대산관에서 추풍을 맞았었지.
변새의 장성이라 괜히 자부하였구나
거울 속의 노쇠한 살쩍이 벌써 반백이 되었구나.
「출사표」는 참으로 세상에 이름났으니
천 년 동안 그 누가 필적할 수 있었겠나?

예순두 살 되던 순희 13년(1186) 봄 고향인 산음에서 한거할 때 패기
넘치던 젊은 시절을 회상하며 지은 것으로 그의 칠언율시 가운데 명작으
로 꼽힌다.

書憤

早歲那知世事艱　中原北望氣如山　樓船夜雪瓜洲渡　鐵馬秋風大
散關　塞上長城空自許　鏡中衰鬢已先斑　出師一表眞名世　千載誰
堪伯仲間

- 書憤(서분) : 분노를 기록하다.
- 那知(나지) : 어떻게 알겠는가?
- 樓船(누선) : 여러 층으로 이루어진 큰 배. 여기서는 대형 전함(戰艦)
  을 가리킨다.
- 瓜洲渡(과주도) : 지금의 강소성 양주시(揚州市) 남쪽에 있는 나루로
  당시 장강 북안의 중요한 군사 거점이었다. 융흥 3년(1164) 육유는
  장강을 사이에 두고 과주(瓜洲)와 마주 보는 진강부(鎭江府)에서 통
  판(通判)을 지냈기 때문에 자주 과주를 왕래했다. 그해 겨울 송나라
  와 금나라는 교전 상태에 있었다.
- 鐵馬(철마) : 갑옷을 입은 전마(戰馬).
- 大散關(대산관) : 지금의 섬서성 보계시(寶鷄市) 서남쪽에 있던 관
  문. 당시 남송과 금나라가 경계를 이루는 곳이었다. 육유는 건도 8년
  (1172) 왕염의 막부에서 중원 수복을 위한 북벌 계획을 세울 때 여러
  차례 대산관에 나가 군사를 지휘했다.
- 自許(자허) : 자부하다.
- 出師一表(출사일표) : 「출사표(出師表)」. 제갈량이 북쪽으로 위(魏)
  나라를 치러 갈 때 촉 후주 유선(劉禪)에게 올린 글.
- 伯仲間(백중간) : 백중지간. 백중지세. 이 구절은 당시 제갈량에 비
  견할 만큼 유능한 북벌주의자가 없음을 개탄한 것이다.

마음은 지금도 천산에 가 있건만

당시에는 만 리에 공적을 찾아
필마로 양주를 수비했었네.
국경의 꿈 깨어져서 어디로 사라졌나?
낡은 담비 갖옷에 먼지만 자욱하네.

오랑캐는 아직까지 소멸되지 않았는데
살쩍에는 가을 서리 먼저 내리고
눈물은 하염없이 흘러내리네.
이내 인생 이럴 줄을 누가 짐작했으랴?
마음은 지금도 천산에 가 있건만
몸뚱이는 늙어서 시골에 있네.

예순다섯 살이던 순희 16년(1189)에 육유는 벼슬을 그만두고 고향인 산
음으로 돌아갔다. 이것은 그가 산음에서 은거할 때 당시 유행하던 「소충
정」이라는 곡조에 맞추어서 쓴 가사로 북벌의 꿈을 끝내 이루지 못한 채
고향으로 돌아가 만년을 보내는 울적한 심정이 잘 나타나 있다.

訴衷情

當年萬里覓封侯 匹馬戍梁州 關河夢斷何處 塵暗舊貂裘　　胡
未滅 鬢先秋 淚空流 此生誰料 心在天山 身老滄洲

· 訴衷情(소충정) : 곡조 이름. 이것은 「소충정」이라는 곡조에 맞추어
서 쓴 가사이다.
· 覓封侯(멱봉후) : 나라에 공을 세워 제후에 봉해지기를 추구하다.
· 梁州(양주) : 남정 일대.
· 關河夢斷(관하몽단) : 육유는 마흔여덟 살이던 효종 건도 8년(1172) 3
월 사천선무사 왕염의 부름을 받아 최전방인 남정으로 갔다. 거기서
그는 전투복을 입고 중원 수복을 꿈꾸며 왕염 및 그 막부의 장군들과
함께 북벌 준비를 했다. 그러나 그해 가을 왕염이 돌연 항주로 소환
되고 막부가 해체되는 바람에 육유는 여섯 달 만에 북벌의 꿈을 접고
임지를 성도로 옮겨야 했다.
· 塵暗舊貂裘(진암구초구) : 오랫동안 공을 세울 기회가 없었음을 뜻한다.
· 天山(천산) : 지금의 신강성에 있는 산. 최전방을 뜻한다.
· 滄洲(창주) : 물가. 육유가 만년에 은거하던 경호(鏡湖 : 지금의 절강
성 소흥시에 있음)를 가리킨다.

분개 1

백발도 쓸쓸하게 연못가에 누웠나니
저 하늘과 땅만은 내 충성을 알겠지.
궁지에 빠진 소무는 오래도록 담요를 뜯어 먹고
근심에 빠진 장순은 이가 빠지도록 악물었지.
가랑비 내리는 상림원엔 봄풀이 무성하고
남상이 무너신 낙양궁엔 빌빛이 내리깼지.
이 몸 비록 늙었어도 장쾌한 마음은 안 늙었으니
죽어서도 귀신 중의 영웅이 될 수 있겠지.

뒤의 「분개 2」와 더불어 일흔세 살이던 경원(慶元) 3년(1197) 산음에서
지은 것이다. 제1수는 조국에 대한 자신의 충성심을 알아주는 이 없는 답
답한 현실 앞에서도 끝내 뜻을 굽히지 않을 것이며 나아가 죽은 뒤까지도
그 뜻을 굳게 지키겠다는 굳은 의지를 표명했다.

書憤二首(其一)

白髮蕭蕭臥澤中 只憑天地鑑孤忠 厄窮蘇武餐氈久 憂憤張巡嚼
齒空 細雨春蕪上林苑 頹垣夜月洛陽宮 壯心未與年俱老 死去猶
能作鬼雄

- 書憤(서분) : 분노를 기록하다.
- 蕭蕭(소소) : 쓸쓸한 모양.
- 孤忠(고충) : 임금의 인정을 받지 못한 채 혼자 굳게 지키는 충성.
- 蘇武(소무) : 한나라 때의 충신 소무(기원전 140~기원전 80)는 흉노
  에 사신으로 갔다가 억류되어 배가 고프면 담요를 뜯어 먹고 목이 마
  르면 눈을 먹으면서 연명했지만 한나라의 부절을 움켜쥔 채 뜻을 굽
  히지 않았다. 흉노가 그를 인적 없는 북해(지금의 바이칼호)로 보내
  숫양을 먹이게 하고 숫양이 젖을 내면 돌아오는 것을 허락한다고 위
  협해도 그는 끝내 절개를 굽히지 않다가 나중에 한나라가 흉노와 화
  친을 맺음으로써 마침내 한나라로 돌아갔다.
- 張巡(장순) : 장순은 안사지란 때 허원(許遠)과 함께 휴양(睢陽)을 지
  켰는데 싸울 때마다 눈초리가 찢어지고 이가 빠졌다. 그 이유를 묻자
  병력이 부족하기 때문에 눈을 부릅뜨고 이를 악물어서 적의 기세를
  제압하려고 했다고 대답했다. 입 안을 들여다보니 과연 이빨이 서너
  개밖에 남아 있지 않았다.
- 上林苑(상림원) : 한나라 때 황제의 동산. 여기서는 상림원과 낙양궁
  (洛陽宮)이 모두 황궁(皇宮)을 가리킨다.
- 鬼雄(귀웅) : 이청조(李淸照) 시의 "살아서는 마땅히 인걸이 돼야 하
  고, 죽어서도 귀신 중의 영웅이 돼야 하리.(生當作人傑, 死亦爲鬼
  雄.)"(「오강(烏江)」)라는 구절을 변용함으로써 그 의미를 함축했다.

분개 2

거울 속에 세월이 흘러 머리가 허옇지만
자부하거니와 마음은 아직 일편단심이라오.
늙고 병들어 좁은 군복을 더 이상 입지는 않지만
비분강개한 심정은 아직 차가운 저 칼과 겨룬다오.
저 멀리 적박령에서 십 년 동안 수자리했고
상쾌하게 난 티 벆의 고란에서 씨있기는
변방에는 예로부터 일이 끝날 날 없는데
지금 이렇게 수수방관할 줄 누가 알았으리오?

　몸은 비록 늙었어도 미음은 아직 변함이 없건만 빼앗긴 조국을 수복하
는 데 도움이 못 되고 남의 일 보듯 수수방관할 수밖에 없는 자신의 처지
를 한탄한 시이다.

72

書憤二首(其二)

鏡裏流年兩鬢殘 寸心自許尙如丹 衰遲罷試戎衣窄 悲憤猶爭寶劍寒 遠戍十年臨的薄 壯圖萬里戰皐蘭 關河自古無窮事 誰料如今袖手看

- 流年(유년) : 흐르는 세월.
- 自許(자허) : 자부하다.
- 衰遲(쇠지) : 노쇠하다.
- 戎衣(융의) : 군복. 전투복.
- 的薄(적박) : 적박령(的薄嶺). 지금의 사천성 이현(理縣) 서북쪽에 있는 고개. 여기서는 사천성과 섬서성 일대를 두루 가리킨다.
- 皐蘭(고란) : 지금의 감숙성 난주시(蘭州市).
- 關河(관하) : 변새 지방.

두견새 우는 밤에

초가집 지붕 밑에 사람 소리 끊어지고
선창에서 새어 나오는 불빛이 잦아들면
봄 저무는 강에 온통 비바람 몰아친다.
꾀꼬리와 제비는 아무 소리 내지 않고
달 뜨는 밤이 되면
언제나 두견이만 구슬피 운다.

그 소리에 나도 몰래 눈물이 나고
그 소리에 외로운 꿈 깨어지는데
두견이는 가지 깊숙이 저만치 또 날아간다.
고향에서도 오히려 들어 낼 수 없으련만
하물며 반평생을
정처 없이 객지로 돌아다녔음에랴!

촉나라 망제(望帝)의 영혼이 화하여 두견새가 되었다는 전설이 있는바
사천 지방에는 두견새가 많은데 울음소리가 마치 '불여귀(不如歸)'라고
하는 듯하다. 이 가사는 정확한 창작 연대를 알 수 없으나 대략 남정 전
선을 떠나 성도에서 울적하게 지내던 건도 9년(1173) 이후에 지은 것으로
보인다. 늦은 봄의 깊은 밤에 '불여귀'라고 우는 두견새의 구슬픈 소리를
들으면서, 뜻을 이루지 못한 채 타향을 떠도는 자신의 애달픈 신세를 하
소연하고 있다.

鵲橋仙 —— 夜聞杜鵑

茅檐人靜 蓬窗燈暗 春晚連江風雨 林鶯巢燕總無聲 但月夜 常
啼杜宇　　催成淸淚 驚殘孤夢 又揀深枝飛去 故山猶自不堪聽
況半世 飄然羈旅

· 鵲橋仙(작교선) : 곡조 이름. 이것은 「작교선」이라는 곡조에 맞추어
　서 쓴 가사이다.
· 蓬窗(봉창) : 뜸을 걸어놓은 배의 창. '봉창(篷窗)'과 같다.
· 林鶯巢燕(임앵소연) : 숲 속 꾀꼬리와 둥지 속 제비.
· 杜宇(두우) : 두견새.
· 故山(고산) : 고향.
· 猶自(유자) : 오히려.
· 羈旅(기려) : 객지에서 지내다.

한창 젊은 시절에는

한창 젊은 시절에는 전쟁터에 나갔는데
내 기운이 오랑캐를 집어삼킬 정도였지.
자욱한 구름이 하늘을 덮고
밤중에 봉화가 허공으로 치솟았지.
그때는 홍안에다 검푸른 머리
무늬 새긴 징을 들고 시폭을 지키면서
유생이란 옛날부터
문제가 많다 비웃었지.

謝池春

壯歲從戎　曾是氣呑殘虜　陣雲高　狼烟夜擧　朱顔靑鬢　擁雕戈西
戍　笑儒冠　自來多誤

· 謝池春(사지춘) : 곡조 이름. 이것은 「사지춘」이라는 곡조에 맞추어
　서 쓴 가사이다.

· 壯歲(장세) : 장년. 젊은 시절.

· 從戎(종융) : 종군하다.

· 殘虜(잔로) : 남은 오랑캐. 금나라 군사를 가리킨다.

· 陣雲(진운) : 짙고 두터워서 마치 전진(戰陣)처럼 생긴 구름. 옛날 사
　람들은 이 구름이 이는 것을 전쟁의 징조라고 여겼다.

· 狼烟(낭연) : 이리의 똥을 장작에 섞어서 태울 때 나는 연기. 곧게
　올라가기 때문에 봉화를 올릴 때 많이 쓰였다.

· 儒冠多誤(유관다오) : "집 바지 입은 이는 굶어 죽지 않지만, 선비의
　갓 쓴 사람은 몸을 그르치기 일쑵니다.(紈褲不餓死, 儒冠多誤身.)"라
　고 한 두보의 「위좌승 어른께(奉贈韋左丞丈二十二韻)」의 구절을 변
　용한 것이다.

공명을 이루려던 달콤한 꿈 깨어지고
평화로운 강남 땅에 조각배를 띄웠도다.
슬픈 노래 불러 봐도 부질없는 일
마음 잔뜩 상한 채 옛날 일이 생각난다.
끝없이 펼쳐진 안개 낀 파도
북쪽 관문이 어디메냐 아득히 바라보는데
아아 세월은 자꾸만 흘러
또 한 해가 그냥 간다.

최전방인 남정에서 왕염과 함께 북벌 준비에 열을 올리고 있던 건도 8년
(1172), 왕염이 갑자기 항주로 소환되고 막부가 해체되는 바람에 육유는
북벌의 꿈을 접고 임지를 성도로 옮겨야만 했다. 이 가사는 이때의 일을
회상하면서 중원 수복의 꿈을 이루지 못한 채 고향에 칩거해야 하는 만년
의 쓰라린 심경을 노래한 것이다.

功名夢斷 却泛扁舟吳楚 漫悲歌 傷懷弔古 烟波無際 望秦關何
處 歎流年 又成虛度

· 功名夢斷(공명몽단) : 적과 싸워 공을 세우겠다는 자신의 꿈이 좌절
  되었음을 뜻한다.
· 吳楚(오초) : 옛날에 오나라와 초나라 땅이었던 강남 지방. 자신이
  은거하고 있는 고향 산음을 가리킨다.
· 秦關(진관) : 진나라 땅이었던 섬서 지방의 관문. 대개 함곡관(函谷
  關)을 가리키지만 여기서는 지금의 섬서성 남부 지방으로 당시 금나
  라와 접경 지대였던 남정 일대를 가리킨다. 육유는 한때 그곳에서 종
  군한 적이 있다.

숲에서는 바람이 새소리를 전해 오고

산서촌에 갔다가

"농가의 납주가 텁텁하다 웃지 마오.
올해는 풍년이라 손님을 붙잡아도
닭고기 돼지고기 풍족해서 괜찮다오."
산 첩첩 물 겹겹 길이 없나 싶더니
버들이 짙고 꽃이 환한 동네가 또 하나 나왔네.
춘사가 가까워져 붕소 불고 북 치는네
소박한 의관에 고풍이 남아 있네.
지금부터 한가로이 밤마을 다녀도 된다면
지팡이 짚고 무시로 와서 밤이라도 문을 두드리고
싶네.

건도 2년(1166) 육유는 장준의 북벌을 지지했다는 이유로 융흥통판(隆
興通判)에서 파면되어 고향으로 돌아갔다. 이 시는 그 다음 해(1167) 봄
에 이웃 마을로 놀러 갔다가 거기서 본 산시촌(山西村)의 아름다운 산수
를 그리고 그곳의 순박한 인정과 예스러운 풍속을 노래한 것이다. 특히
제3·4구는 인구에 회자하는 명구이다.

遊山西村

莫笑農家臘酒渾　豊年留客足鷄豚　山重水複疑無路　柳暗花明又一村　簫鼓追隨春社近　衣冠簡樸古風存　從今若許閑乘月　拄杖無時夜叩門

· 山西村(산서촌) : 육유의 고향에 있는 마을의 이름.
· 臘酒(납주) : 납월, 즉 음력 12월에 빚어 두었다가 이듬해 봄에 마시는 술.
· 追隨(추수) : 뒤따르다.
· 春社(춘사) : 입춘 이후의 다섯 번째 무일(戊日)에 풍년을 기원하기 위하여 토지신에게 지내는 제사.
· 乘月(승월) : 달빛을 이용하여 밤 나들이를 하다
· 拄杖(주장) : 지팡이.

석양 속에 연기 피는 그곳에 집을 짓고

석양 속에 연기 피는 그곳에 집을 짓고
티끌만한 세상사도 상관하지 않는다네.
올해 술을 다 따른 뒤 대밭으로 들어가
『황정경』을 한 번 읽곤 누워서 산을 보네.

유유사석아기글 띔내나 보니
쇠잔해지든 말든 내버려 두나니
가는 곳마다 한 번씩 활짝 웃는들 어떠리?
조물주는 우리와 생각이 같지 않아
영웅을 늦게 하길 예사로 여기는 것 같네.

육유는 건도 2년 마흔두 살 때 장준의 북벌을 강력하게 지지하다가 주
화파의 미움을 사서 면직되고 산음으로 돌아가 경호(鏡湖) 옆에 있는 삼
산(三山)에서 4년 동안 칩거하며 한을 삭였다. 이 가사에서 그는 세상일
에는 조금도 신경을 쓰지 않는다고도 하고 유유자적하기를 탐낸다고도 했
지만 그것은 그의 진심이라기보다는 차라리 그렇게 하고 싶어도 그렇게
되지 않음에 대한 안타까운 절규라고 할 수 있다.

84

鷓鴣天

家住蒼煙落照間　絲毫塵事不相關　斟殘玉瀣行穿竹　卷罷黃庭臥
看山　　貪嘯傲　任衰殘　不妨隨處一開顏　元知造物心腸別　老卻
英雄似等閒

- ·鷓鴣天(자고천) : 곡조 이름. 이것은 「자고천」이라는 곡조에 맞추어서 쓴 가사이다.
- ·塵事(진사) : 세속적인 일.
- ·玉瀣(옥해) : 술 이름. 좋은 술을 가리킨다.
- ·卷罷(권파) : 두루마리로 된 책을 반대 방향으로 말아 가면서 한 번 다 읽다.
- ·黃庭(황정) : 『황정경(黃庭經)』. 양생수련(養生修練)의 이치를 기록한 도가서(道家書).
- ·嘯傲(소오) : 유유자적하며 마음대로 노닐다.
- ·造物(조물) : 조물주. 남송의 황제를 가리킨다.

가랑비 뒤 시원함에 배에서 저녁까지 단잠을 자고

가랑비가 지나가자 배에는 파리도 없어
두건을 반쯤 벗고 등나무 침상에 누웠다.
잠에서 막 깨어나니 창으로 해가 저물고
부드러운 노 소리가 파릉으로 내려간다.

순희 5년(1178) 여름 촉(蜀)을 떠나 항주로 돌아가는 길에 악양(岳陽)을
지나며 지은 작품이다. 비가 온 뒤에 날이 하도 시원하여 육유는 배 안에
서 잠시 눈을 붙였는데 그만 잠이 너무 깊이 들어 버렸다. 저녁 때가 되
어서야 깨어나 자신이 자는 사이에도 순조롭게 항행한 배가 어느새 악양
으로 들어가고 있는 광경을 보았을 때의 느긋하고 푸근한 심경이 잘 그려
져 있다.

小雨極涼舟中熟睡至夕

舟中一雨掃飛蠅　半脫綸巾臥翠藤　淸夢初回窓日晚　數聲柔櫓下
巴陵

· 綸巾(윤건) : 두껍고 부드러우며 광택이 나는 비단으로 만든 두건.
· 翠藤(취등) : 등나무 침상.
· 巴陵(파릉) : 지금의 호남성 악양시(岳陽市).

유월 열나흗날 동림사에서 자며

강과 호수 다 보고 오만 산을 다 봤으니
운몽택이 목에 걸릴까 신경 쓰지 않는다.
서새산 앞의 달을 장난 삼아 불러다가
동림사의 종소리를 함께 듣는다.
멀리서 온 나그네 오늘 이곳에
다시 오게 될 줄을 어찌 알았으랴만
옛날에 우리 서로 만난 적이 있음을
노승은 아직까지 기억하고 있도다.
창을 열고 달게 자니 깨우는 사람 없고
물방아만 밤중에 혼자 방아 찧는다.

순희 5년(1178) 항주로 돌아가는 길에 강서성 구강(九江)의 여산(廬山) 기슭에 있는 동림사에서 지은 것이다. 그는 8년 전인 건도 6년(1170) 촉으로 들어갈 때에도 이곳을 지나다가 동림사에 묵은 적이 있었다. 이번에 조정으로 들어가는 것을 그는 매우 긍정적으로 생각하고 있었던 만큼 이 시에도 상당히 흐뭇하고 낙관적인 분위기가 흐르고 있다.

六月十四日宿東林寺

看盡江湖千萬峰 不嫌雲夢芥吾胸 戲招西塞山前月 來聽東林寺裏鐘 遠客豈知今再到 老僧能記昔相逢 虛窓熟睡誰驚覺 野碓無人夜自舂

- 不嫌雲夢芥吾胸(불혐운몽개오흉) : 운몽택(雲夢澤)이 크다고 해도 가슴에 걸릴까 신경 쓰지 않는다는 뜻으로 세속의 웬만한 일에는 신경을 쓰지 않음을 암시한다. 사마상여(司馬相如)의 「자허부(子虛賦)」에 "제가 듣기에 초나라에는 못이 일곱 개 있다고 하는데 저는 그 가운데 한 개를 보고 나머지는 아직 보지 못했습니다. 제가 본 것은 아주 작디작은 것으로 운몽이라고 합니다. 운몽은 사방으로 구백 리인데 그 안에 산이 있습니다.(臣聞楚有七澤, 嘗見其一, 未睹其餘也. 臣之所見, 蓋特其小小者耳, 名曰雲夢. 雲夢者, 方九百里, 其中有山焉.)", "또 제나라는 동쪽으로 대해에 임하고 남쪽에는 낭야대가 있습니다……. 운몽택과 같은 것은 여덟 개나 아홉 개를 삼켜도 가슴에 걸린 적이 없습니다.(且齊東渚鉅海, 南有琅邪……. 呑若雲夢者八九, 於其胸中, 曾不蔕芥.)"라고 했다. '개(芥)'는 '조그만 물건이 걸리다'라는 뜻으로 '체개(蔕芥)'와 같다.
- 西塞山(서새산) : 지금의 호북성 대야현(大冶縣) 동쪽의 장강 가에 있는 산. 『입촉기(入蜀記)』에 "텅 빈 강이 만 경이나 펼쳐져 있고 달은 보랏빛 금 쟁반처럼 물속에서 솟아오르니 평생에 이와 같은 중추절은 없었다.(空江萬頃, 月如紫金盤, 自水中涌出, 平生無此中秋也.)"라고 한 바와 같이 육유는 8년 전 중추절에 서새산을 지나며 아름다운 보름달에 마음을 빼앗긴 적이 있다. 이 구절은 동림사에서 달을 바라보며 그때를 회상한 것이다.
- 虛窓(허창) : 창문을 활짝 열다.
- 驚覺(경각) : 놀라서 깨게 하다.
- 野碓(야대) : 야외에 있는 물방아.

영석삼봉을 지나며

기이한 봉우리들 말 앞으로 다가와
이 노인을 화들짝 놀라게 하니
촉 땅에서 보던 산과 오 땅에서 보던 산은
이 산 앞에서 하나같이 빛을 잃는다.
대지 위에 오천 길이나 우뚝 솟은 푸른 산을
꼬깃꼬깃 접어서 시 속에 넣어 본다.

순희 5년(1178) 가을 촉에서 돌아온 육유는 다시 복건(福建)으로 부임
해 갔다. 이 시는 복건으로 가는 도중 강산현 남쪽에 있는 영석산을 처음
보고 그 위용에 깜짝 놀라 감회를 읊은 것이다. 이 짤막한 시 속에 높디
높은 영석산의 웅장한 모습을 실감나게 옮겨 놓았다. 특히 마지막 구절의
해학적인 표현이 돋보인다.

過靈石三峰(其一)

奇峰迎馬駭衰翁　蜀嶺吳山一洗空　拔地靑蒼五千仞　勞渠蟠屈小
詩中

・靈石三峰(영석삼봉) : 영석산은 바로 강랑산(江郎山)으로, 줄여서 강
　산(江山)이라고도 한다. 지금의 절강성 강산현(江山縣) 남쪽에 있으
　며 봉우리가 마치 죽순처럼 뾰족하게 솟아 있다. 산꼭대기에 봉우리
　가 세 개 있는데 모두 커다란 바위로 이루어져 있기 때문에 속칭 강
　랑삼편석(江郎三片石)이라고 한다.
・衰翁(쇠옹) : 시인 자신을 가리킨다.
・蜀嶺(촉령) : 자신이 약 10년 동안 보아 온 사천 지방의 산.
・吳山(오산) : 그의 고향인 강남 지방의 산.
・一洗(일세) : 일소하다. 두보(杜甫)의 「단청인(丹靑引)」에 "이윽고 구
　천에서 진짜 용이 나타나, 만고의 보통 말을 싹 쓸어버리네.(須臾九
　重眞龍出, 一洗萬古凡馬空.)"라는 구절이 있다.
・勞渠(노거) : 그것, 즉 영석삼봉을 수고롭게 하다. 높고 긴 산을 짧
　은 시로 묘사함으로써 그것의 진면목을 제대로 드러내지 못한다는 뜻
　이다.
・蟠屈(반굴) : 꼬불꼬불하게 서리다.

작은 집의 뜨락에서 1

뜨락에는 잡초가 옆집까지 더부룩
우거진 뽕밭에는 오솔길이 꼬불꼬불
누워서 도연명의 시를 읽다가
가랑비가 온 김에 외밭을 매러 간다.

<hr />

젊은 시절에 각지로 돌아다니면서 항금 투쟁의 의지를 불태우다가 뜻을
이루지 못한 채 고향으로 돌아가 농사를 짓고 있던 순희 8년(1181)에 지
은 시이다. 한가로이 누워서 도연명의 시를 읽다가 가랑비가 내리지 시기
를 놓칠세라 얼른 뛰어나가 외밭을 매는 노련한 농부인 자신의 모습을 묘
사하고 있다.

小園(其一)

小園煙草接隣家　桑柘陰陰一徑斜　臥讀陶詩未終卷　又乘微雨去
鋤瓜

· 陰陰(음음) : 초목이 무성하여 어둠침침한 모양.
· 陶詩(도시) : 도연명(陶淵明 : 365~427)의 시.
· 未終卷(미종권) : 책을 끝까지 다 읽지 못하다.

작은 집의 뜨락에서 2

마을에 여기저기 뻐꾸기 소리 들리고
갓 심은 모 평평하게 끝없이 펼쳐졌네.
하늘 끝 천리만리 두루 다녀 보고는
이웃집 농부에게 밭갈이나 배우네.

여기저기서 뻐꾸기 소리 들려오고 모내기가 갓 끝난 파르스름한 논이 일
망무제로 펼쳐진 평화롭고 아름다운 강남 지방의 전원 풍경을 그렸음에도,
한적한 전원생활이 결코 만족스러운 선택이 아니었음을 느끼게 한다.

小園(其二)

村南村北鵓鴣聲　水剌新秧漫漫平　行遍天涯千萬里　却從隣父學
春耕

·鵓鴣(발고) ： 뻐꾸기.

·漫漫(만만) ： 넓어서 끝이 없는 모양.

임안에 봄비 갓 개어

근년 들어 세상 재미가 깁처럼 얇았거늘
말 타고 서울 와서 객거하게 한 이 누구였나?
작은 누각에 밤새도록 봄비 소리 들렸으니
깊은 골목에 아침 되면 살구꽃을 팔렷다.
키 작은 종이에 비스듬히 줄을 지어
한가로이 초서를 쓰기도 하고
햇살 비친 창가에서 거품 동동 띄우며
심심풀이로 차 맛을 보기도 한다.
흰옷에 먼지 묻는다고 탄식할 필요 없다
그래도 청명절에는 집에 도착할 테니까.

5년 가량 고향에서 한거한 뒤 순희 13년(1186) 봄에 다시 엄주(嚴州 : 지
금의 절강성 건덕시(建德市)) 지주(知州)로 기용되어 부임 인사차 항주로
들어가 서호 가에 있는 객사에서 황제의 부름을 기다리며 지은 작품이다.

臨安春雨初霽

世味年來薄似紗　誰令騎馬客京華　小樓一夜聽春雨　深巷明朝賣
杏花　矮紙斜行閑作草　晴窓細乳戲分茶　素衣莫起風塵歎　猶及淸
明可到家

- 臨安(임안) : 남송의 서울, 즉 항주.
- 京華(경화) : 서울, 즉 임안.
- 矮紙(왜지) : 키가 작은 종이, 폭이 좁은 종이.
- 細乳(세유) : 차를 끓일 때 물 위로 떠오르는 하얀색의 작은 거품.
- 分茶(분차) : 차를 품평하다. 찻숟가락으로 찻물을 떠서 잔에 나누어
  담아 음미하는 것을 말한다.
- 素衣莫起風塵歎(소의막기풍진탄) : 자신이 곧 고향으로 돌아갈 것임
  을 암시한다. 육기(陸機)의 「고언선을 대신하여 그의 아내에게 바친
  다(爲顧彦先贈婦)」에 "서울 낙양에는 먼지가 많아, 흰옷이 검은 옷으
  로 변해 버렸네.(京洛多風塵, 素衣化爲緇.)"라는 구절이 있다.

도연명의 시를 읽고

나의 시는 도연명을 흠모하건만
안타깝게도 그분처럼 미묘하지 못하고
사퇴하고 귀향함도 너무나 늦고
술 마시는 실력이나 비슷할지 모르겠다.
비 온 뒤엔 호미로 외밭을 매고
달 뜨는 밤이면 냇가에 앉는다.
그뒤로 천 년 동안 이런 사람 없었으니
나는 누구와 은거 생활 함께 할꼬?

소회 4년(1193) 산음에 은거할 때 도연명의 시를 읽다가 문득 분연히
관지을 버리고 고향으로 돌아가 전원에서 유유자적한 도연명의 인품과 생
활 태도가 생각나서 지은 것이다. 도연명 식의 한적한 전원생활에 대한
동경이 진하게 배어 있다.

讀陶詩

我詩慕淵明　恨不造其微　退歸亦已晩　飮酒或庶幾　雨餘鋤瓜壟
月下坐釣磯　千載無斯人　吾將誰與歸

· 淵明(연명) : 도연명(陶淵明).
· 瓜壟(과롱) : 오이를 심은 밭.

99

매화

매화는 새벽바람에 핀다고 들었거니와
산마다 가득가득 하얀 눈이 쌓였네.
어찌하면 이 한 몸이 천 개 억 개로 나뉘어
매화나무 한 그루마다 내가 마주 서 있을꼬?

일흔여덟 살 때인 가태(嘉泰) 2년(1202) 산음에 한거하면서 지은 것이
다. 육유는 "매화와 친구가 되고 싶건만, 그에게 안 어울릴까 자나 깨나
걱정이네. 지금부턴 세속의 익힌 음식을 먹지 않고, 물이나 마시면서 신
선의 책을 읽으리라.(欲與梅爲友, 常憂不稱渠. 從今斷火食, 飮水讀仙
書.)"(『검남시고(劍南詩藁)』「매화(梅花五首)」其三)라고 할 만큼 매화를
좋아했다. 이 작품에서도 자기 몸이 매화나무의 수만큼 분열되어서 한 그
루의 매화도 빼놓지 않고 감상하고 싶다는 기발한 표현이 매화에 대한 그
의 애호도를 짐작케 한다.

梅花絶句

聞道梅花坼曉風 雪堆遍滿四山中 何方可化身千億 一樹梅花一
放翁

· 聞道(문도) : ……라고 말하는 것을 듣다.
· 雪堆遍滿四山中(설퇴편만사산중) : 매화가 사방의 산을 뒤덮은 것을
  비유한 말. '편만(遍滿)'은 '사방에 가득 차다'라는 뜻이다.
· 何方(하방) : 무슨 방법으로.
· 放翁(방옹) : 육유의 호.

매화

깊은 산의 그윽한 계곡에 자리 잡고
게다가 또 북쪽으로 뻗은 가지라
해마다 남보다 늦게 꽃이 핀다고
스스로 그렇게 생각하고 있겠지만
그대는 아는가 빼어난 그 운치를?
얼음 일고 눈 빛나는 바로 그때 꽃이 핌은?

심산유곡에 자라난 매화나무 한 그루. 그중에서도 북쪽으로 난 가지는
특히 늦게 꽃을 피운다. 어쩌면 매화나무 자신도 다른 나무보다 개화가
늦다는 사실을 알고 멋쩍어할지도 모른다. 그러나 그 나무는 눈과 얼음이
아직 채 녹지 않은 추운 날씨에 꽃을 피웠으니, 이만큼 멋지고 이만큼 운
치 있는 나무가 또 어디에 있단 말인가? 시인은 매화나무에서 꿋꿋한 절
개와 불요불굴의 의지를 발견하여 찬양할 뿐만 아니라 사람들에게도 매화
나무의 그러한 정신을 배울 것을 권고하고 있다.

102

梅花絶句二首(其一)

幽谷那堪更北枝　年年自分著花暹　高標逸韻君知否　正在層冰積雪時

· 那堪(나감) : 게다가. '나감갱(那堪更)', '나갱(那更)' 등으로도 쓴다.
· 自分(자분) : 스스로 생각하다.

매화

역사의 바깥쪽 무너진 다리께에
돌봐주는 사람 없이 적막하게 피어서
황혼 맞아 외로이 근심에 빠졌는데
더군다나 그 위에 풍우마저 닥치네.

아등바등 봄빛을 다투고픈 맘이 없어
뭇 꽃들의 샘 따위는 아랑곳 않네.
떨어져 진흙 되고 바스러져 먼지 돼도
은은한 그 향기는 변함이 없네.

인적이 드문 곳에 외로이 피어 있으면서도 고고한 자태와 은은한 향기
를 잃지 않는 매화의 품성을 노래하는 가운데, 주화파가 득세하는 당시의
암울한 정국 속에서도 끝까지 구국의 일념을 버리지 않겠다는 자신의 꿋
꿋한 우국충정을 내비치고 있다.

卜算子 —— 詠梅

驛外斷橋邊 寂寞開無主 已是黃昏獨自愁 更著風和雨　　　無意
苦爭春 一任群芳妒 零落成泥碾作塵 只有香如故

· 卜算子(복산자) : 곡조 이름. 이것은 「복산자」라는 곡조에 맞추어서
　쓴 가사이다.
· 零落(영락) : 말라서 떨어지다.
· 碾(년) : 맷돌로 갈아 바수다. 수레바퀴나 사람들의 발에 짓밟혀 부
　서짐을 뜻한다.

나 혼자 강가로 와서

휘황한 등불 아래 쌍륙 놀이 실컷 하고
안장 좋은 말을 타고 달리면서 활을 쏘던
그 옛날의 호쾌한 생활을 그 누가 기억하랴?
술친구들 하나하나 고관대작 되었는데
나 혼자 강가로 와서
어부기 되었구나.

가벼운 내 배는 여덟 자 길이에다
창문이 세 개 달린 나지막한 배이지만
모래섬의 이슬비를 혼자 차지한다오.
경호는 원래부터 한가한 자의 것이거늘
어찌 꼭 임금님이
은혜를 베풀어 하사해야 하리오?

산음에 은거할 때 지은 가사이다. 잃어버린 조국 강산을 수복하는 데는
조금도 뜻을 두지 않는 무기력한 당시의 조정에 대한 한없는 실망과 울분
을 억누르고 짐짓 편안한 듯 은거 생활을 영위해 가는 그의 심리적 갈등
이 잘 나타나 있다.

106

鵲橋仙

華燈縱博 雕鞍馳射 誰記當年豪擧 酒徒一一取封侯 獨去作 江
邊漁父　　輕舟八尺 低篷三扇 占斷蘋洲煙雨 鏡湖元自屬閑人
又何必 君恩賜與

· 鵲橋仙(작교선) : 곡조 이름. 이것은 「작교선」이라는 곡조에 맞추어
　서 쓴 가사이다.
· 博(박) : 쌍륙(雙六). 주사위를 던져서 하는 놀이.
· 雕鞍(조안) : 무늬를 아로새긴 안장.
· 豪擧(호거) : 호쾌한 행동.
· 取封侯(취봉후) : 높은 벼슬에 임명되다.
· 低篷三扇(저봉삼선) : 창문이 세 짝밖에 안 되는 낮고 초라한 배.
· 蘋洲(빈주) : 주위에 개구리밥이 잔뜩 떠다니는 모래섬.
· 鏡湖(경호) : 절강성 소흥시 남쪽에 있는 호수. 건도 2년(1166) 육유
　가 장준의 북벌을 강력하게 지지하다가 면직되어 칩거한 삼산에서 멀
　지 않은 곳이다.
· 元自(원자) : 원래. 본래.
· 賜與(사여) : 하사해 주다. 당대(唐代)의 하지장(賀知章)은 고향으로
　돌아가 도사가 되었는데 방생지로 쓰기 위해 호수 몇 경(頃)을 하사
　해 달라고 임금에게 요청하여 허락을 받았다.(『신당서』「하지장전」)

107

낚싯대 하나 메고

낚싯대에 바람 맞고 달빛도 받고
도롱이 하나 입고 이슬비를 맞으며
엄릉뢰 서쪽에 집을 짓고 산다네.
물고기를 팔아서 생계를 유지하매
성문에도 가기가 겁이 나거늘
빈지 빚인 굿이야
말할 것이 없다네.

鵲橋仙

一竿風月 一蓑煙雨 家在釣臺西住 賣魚生怕近城門 況肯到 紅
塵深處

· 鵲橋仙(작교선) : 곡조 이름. 이것은 「작교선」이라는 곡조에 맞추어
서 쓴 가사이다.
· 釣臺(조대) : 엄광(嚴光)이 낚시하던 곳, 즉 엄릉뢰(嚴陵瀨). 엄광은
회계(會稽) 여요(餘姚) 사람으로 일명 준(遵)이라고도 하며 자(字)가
자릉(子陵)이다. 어릴 때 후한 광무제와 함께 수학하였으며 젊을 때
부터 명성이 높았으나 광무제가 즉위하자 바로 이름을 바꾸고 자취를
감추어 버렸다. 광무제가 간의대부(諫議大夫)에 제수하고 불렀으나
그는 뜻을 굽히지 않고 부춘강(富春江)에서 낚시를 하며 은거했다.
그가 낚시하던 곳을 엄릉뢰라고 한다.

조수가 생기면 배를 띄워서
조수가 잔잔하면 닻줄을 매고
조수가 빠지면 노래하며 귀가하네.
사람들은 제대로 알지도 못하면서
이 사람을 엄광에 비견하지만
이 사람은 본래부터
이름 없는 어부라네.

고향에 은거할 때 지은 것으로 철저하게 한 사람의 무명 어부로 살아가
고 싶은 그의 간절한 희망을 호소하고 있다. 그러나 그는 그럴 수가 없는
사람이다. 그는 누구보다 애국심이 강하여 금나라에 빼앗긴 중원 땅을 되
찾고 싶은 충동을 억제하지 못했던 사람이다. 주화파의 세력 때문에 자신
의 뜻을 펼치지 못한 채 고향으로 돌아가 은거할 수밖에 없는 처지가 되
고 말았지만 그것이 그의 마음속에 있는 우국충정마저 씻어 버릴 수는 없
었다. 꿈과 현실의 괴리 속에서 그는 사람들이 자신을 절개가 남다른 엄
광에 견주는 것조차도 거부하며 주국이고 백성이고 아무것도 모르는 완전
한 범인이 됨으로써 마음의 고통을 덜어 보려 한다. 그러나 그것은 오히
려 그럴 수가 없음에서 비롯된, 그래서 더욱 안쓰러운 그의 몸부림이다.

潮生理櫂 潮平繫纜 潮落浩歌歸去 時人錯把比嚴光 我自是 無
名漁父

· 理櫂(이도) : 노를 손질하여 출항하다.

· 繫纜(계람) : 닻줄을 매어 배를 정박시키고 고기를 잡다.

· 時人(시인) : 당시 사람들.

서촌

삐죽삐죽 깊은 산에 조그만 무릉도원
옛날에도 물 얻으려고 대문을 두들겼지.
키 큰 버들 늘어선 다리께에서
처음으로 말을 돌려 물을 따라 가노라니
집 몇 채가 개울가에 마을을 이뤘는데
낮에서는 마남이 새소리를 전해 오고
허물어진 벽에는 이끼가 돋아
술에 취해 갈겨 놨던 내 글씨를 뒤덮었다.
시 한 수로 오늘 밤의 즐거움을 적노라니
대지에 어둑어둑 땅거미가 지는데
새털구름 사이에서 초승달이 반짝인다.

산음에 묻혀 살 때 산속 깊숙한 곳에 있는 외딴 마을에 놀러 간 감회를
노래한 것이다. 서촌으로 가는 도중의 한적하고 평화로운 전원 풍경 및
서촌에 다다른 뒤에 본 그곳의 고즈넉한 정취와 고색창연한 운치가 생동
적으로 그려져 있다.

112

西村

亂山深處小桃源　往歲求漿憶扣門　高柳簇橋初轉馬　數家臨水自
成村　茂林風送幽禽語　壞壁苔侵醉墨痕　一首淸詩記今夕　細雲新
月耿黃昏

· 西村(서촌) : 고향 산음의 이웃 마을이었던 것으로 보인다.
· 桃源(도원) : 무릉도원(武陵桃源). 도연명이 「도화원기(桃花源記)」에
  서 제시한 이상향.
· 往歲(왕세) : 왕년. 지난날.
· 醉墨(취묵) : 술에 취해 쓴 붓글씨.

가을

농부는 시렁에서 오이를 따고
아낙은 울타리에서 파란 꽃을 꺾는다.
도시에는 아직도 삼복더위가 남았지만
가을빛이 먼저 시골집에 찾아든다.

입추가 지나 가을이 되어도 도시에는 여전히 삼복더위가 기승을 부린
다. 그러나 한적한 시골에서 오이를 따고 꽃을 꺾는 농부들을 보면 벌써
가을이 성큼 우리 곁에 다가왔음을 느낄 수 있다. 이것은 한적하고 여유
있는 시골 생활의 정취를 물씬 풍기는 시이다.

秋懷

園丁傍架摘黃瓜　村女沿籬採碧花　城市尙餘三伏熱　秋光先到野
人家

· 園丁(원정) : 정원 관리사.
· 架(가) : 오이 덩굴이 타고 올라가도록 쳐 놓은 시렁.
· 三伏(삼복) : 초복, 중복, 말복. 말복은 입추가 지난 뒤에 든다고는
　해도 말복이 지날 때까지는 여전히 무덥다.
· 野人(야인) : 시골 사람.

가슴을 저미는 다리 아래 푸른 물결

동풍이 몹시도 모질게 불어

불그레 고운 손이
노랗게 포장한 좋은 술을 따를 제
봄을 맞아 버들이 생기를 찾았구나.
동풍이 몹시도 모질게 불어
뜨거운 사랑에 찬물을 끼얹으매
가슴에 근심 걱정 가득 안은 채
몇 해 동안 이렇게 헤어져 살았구나.
이건 아냐!
이건 아냐!
이것은 아냐!

육유는 스무 살 되던 해에 외사촌 누이 당완(唐琬)과 결혼했지만 그의
어머니가 당완을 미워하기 시작하여 이혼하고 말았다. 육유의 어머니가
자신의 친정 질녀인 당완을 왜 그렇게 미워했는지는 잘 알려져 있지 않으
나 부부의 금슬이 너무 좋아 아들의 학업에 지장을 주었기 때문이라는 설
이 있다. 두 사람은 헤어진 뒤에도 서로를 잊지 못해 시름 속에 세월을
보내다가 헤어진 지 10년 뒤인 소흥 25년(1155) 봄날 심원(沈園)이라는
공원에서 우연히 다시 만나게 되었다. 당완은 이때 육유에게 술을 대접하
며 자신의 애절한 사랑의 감정을 전했다.

118

釵頭鳳

紅酥手 黃縢酒 滿城春色宮牆柳 東風惡 歡情薄 一懷愁緒 幾年
離索 錯 錯 錯

· 釵頭鳳(차두봉) : 곡조 이름. 이것은 「차두봉」이라는 곡조에 맞추어
서 쓴 가사이다.
· 黃縢酒(황등주) : 주둥이를 노란 종이로 봉한 술병에 담긴 술.
· 宮牆(궁장) : 소흥에는 남송 황제의 행궁이 있었다.
· 東風(동풍) : 자신의 사랑에 금이 가게 한 존재를 가리킨다.
· 離索(이삭) : '이군삭거(離群索居)'의 준말로 '헤어짐'을 뜻한다.

봄빛은 예전처럼 따스하건만
그 사람은 이토록 수척해진 채
눈물이 손수건을 흠뻑 적시네.
복숭아꽃 떨어지는
한적한 연못가의 외로운 누각
영원히 변치 말자 맹세했건만
지금은 편지조차 부칠 수 없게 됐네.
이건 안 돼!
이건 안 돼!
이것은 안 돼!

이것은 「차두봉」이라는 사(詞), 즉 당시에 유행하던 곡조에 맞추어서 쓴 가사로 140여 수 정도 되는 육유의 사 가운데 비교적 대표성이 큰 작품이다. 그는 이 사에, 그토록 사랑하면서도 10년 동안 얼굴 한 번 볼 수 없었고 다음번의 만남을 기약할 수도 없었던, 가슴 미어지는 이산의 한을 담아 심원의 담에 써 두었다. 이것을 본 당완도 이 사에 화답하는 「차두봉」 사를 한 수 지었다. 그뒤 얼마 안 되어 그녀는 울적한 마음을 달랠 길 없어 끝내 병사하고 말았다. 육유의 고향인 절강성 소흥시의 심원에 가면 지금도 두 사람의 「차두봉」 사가 나란히 담에 새겨진 채 관광객의 발길을 붙잡고 있다.

春如舊 人空瘦 淚痕紅浥鮫綃透 桃花落 閒池閣 山盟雖在 錦書
難託 莫 莫 莫

· 紅浥(홍읍) : 눈물에 연지가 녹아 있음을 뜻한다.
· 鮫綃(교초) : 교인(鮫人)이 생사로 짠 명주. 남해 바다에 교인이 살았
  는데 명주를 잘 짰다는 전설이 있다. 여기서는 손수건을 가리킨다.
· 錦書(금서) : 비단에 쓴 편지. 전진(前秦) 사람 두도(竇滔)는 진주자
  사(秦州刺史)로 있다가 서북쪽 변방인 유사(流沙)로 좌천되었다. 그
  의 부인 소 씨(蘇氏)는 그리움을 못 이겨 비단을 짜서 거기에 840자
  나 되는 장편의 회문시(回文詩)를 써서 두도에게 보냈는데 그 내용이
  몹시 애달팠다고 한다.(『진서』 「두도처소씨전」) 일반적으로 연애편지
  를 가리킨다.

121

중고 형에게

동쪽으로 보나니 산음이 어디메요?
왕복으로 줄잡아 일만 삼천 리
고향으로 보낼 편지지에
빽빽이 써 놨지만 공연한 짓이리라.
나도 몰래 눈물이 줄줄 흐르나니
이 편지가 들어갈 땐 이미 내년이리라.

홍교 다리 밑으로 흐르는 물아
나의 배가 언제나 그리운 형제 찾아갈꼬?
하늘 아래 구석구석 돌아다니느라고
이제는 참으로 늙었나 보다.
근심이 하도 많아 잠이 오지 않으매
살쩍에 몇 가닥 하얀 실이 섞인 채
연기 속에 묻혀서 차를 끓인다.

건도 8년(1172) 가을 사천에서 육유는 사촌 형인 육승지가 고향에서 보
낸 편지를 받은 적이 있다. 이 가사는 그 무렵에 지어서 육승지에게 부친
것으로 보인다. 자신의 포부를 한번 펼쳐 보지도 못한 채 고향을 멀리 떠
나 외롭게 살아가야 하는 쓰라린 심정과 고향 땅에서 친척 간에 정을 나
누며 오순도순 살고 싶어 하는 애틋한 심정이 드러나 있다.

漁家傲 — 寄仲高

東望山陰何處是 往來一萬三千里 寫得家書空滿紙 流淸淚 書回
已是明年事　　寄語紅橋橋下水 扁舟何日尋兄弟 行遍天涯眞
老矣 愁無寐 鬢絲幾縷茶煙裏

· 漁家傲(어가오) : 곡조 이름. 이것은 「자고천」이라는 곡조에 맞추어
　서 쓴 가사이다.
· 仲高(중고) : 육유의 사촌 형 육승지(陸升之 : 1113~1174)의 자(字).
· 寄語(기어) : 말을 전하다.
· 紅橋(홍교) : 산음 근교에 있는 다리. 일명 홍교(虹橋)라고도 한다.
· 鬢絲(빈사) : 흰 머리카락을 실에 비유한 것이다.

완화계 처녀

강가의 저 아가씨 두 갈래로 머리 땋고
언제나 어미 따라 뽕잎 따고 길쌈한다.
밤이면 창가에서 삐걱삐걱 베 짜는데
화로에선 콩대가 차를 달인다.
자라선 이웃집에 시집가는데
내문이 마수 보는지라 수레조차 탈 것 없다.
푸른 치마 대 밥그릇 한탄할 게 무엇이랴!
머리에 아롱다롱 나팔꽃을 꽂는다.
두 뺨이 발그레한 고운 도시 아가씨들
다투어 지체 높은 고관에게 시집가나
임의 말이 하늘 저쪽 타향으로 나간 뒤엔
해마다 봄이 오면 비파 안고 혼자 운다.

성도에 있던 순희 4년(1177) 7월 소박하고 부지런한 한 시골 아가씨의
청순한 모습과 고상한 마음씨를 찬양한 시이다. 지체 높은 집안의 벼슬아
치에게 시집가 고내광실에서 떵떵거리며 살기를 원하는 귀족 집안 아가씨
와 대비하는 수법으로 욕심 부리지 않고 분수를 지키며 살아가는 시골 아
가씨의 인간미를 부각시켰다.

浣花女

江頭女兒雙髻丫 常隨阿母供桑麻 當戶夜織聲咿啞 地爐豆稭煎土
茶 長成嫁與東西家 柴門相對不上車 青裙竹筥何所嗟 挿髻燁燁
牽牛花 城中妖姝臉如霞 爭嫁官人慕高華 青驪一出天之涯 年年
傷春把琵琶

· 浣花(완화) : 완화계(浣花溪). 사천성 성도시(成都市)에 있는 강.
· 咿啞(이아) : 베틀이 삐걱거리는 소리.
· 地爐(지로) : 봉당(封堂)에 땅을 파고 만든 화로.
· 豆稭(두개) : 콩대.
· 土茶(토차) : 그 지방에서 생산되는 차.
· 東西(동서) : 근방. 이웃.
· 柴門(시문) : 사립문. 삽짝.
· 青裙(청군) : 평민의 여자들이 입던 푸른색 치마.
· 竹筥(죽사) : 대나무로 만든 밥통. 『논어』「옹야」편에 "한 그릇의 밥
과 한 바가지의 물로 가난한 마을에서 살게 되면 다른 사람들은 그
근심을 견디지 못하는데 회는 그렇게 살면서도 자신의 즐거움을 바꾸
지 않으니 훌륭하도다, 회는!(一簞食, 一瓢飲, 在陋巷, 人不堪其憂,
回也不改其樂. 賢哉回也!)"이라고 했다.
· 何所(하소) : 무엇.
· 燁燁(엽엽) : 번쩍번쩍 빛나는 모양.
· 牽牛花(견우화) : 나팔꽃.
· 城中妖姝(성중요주) : 도시에 사는 아리따운 여인.
· 青驪(청려) : 청려마. 청색과 흑색의 털이 섞여 있는 준마.

125

초나라의 성

황폐한 강가의 성에 원숭이 소리 새소리
강 건너 저게 바로 굴원의 사당이네.
천오백 년 동안의 많고 많은 일들이여
강물만이 예전처럼 변함없이 흐르네.

순희 5년(1178) 성도를 떠나 항주로 가는 길에 귀주성(歸州城)과 굴원
의 사당을 바라보면서 지은 것이다. 군데군데 허물어져 을씨년스러운 싱
곽과 형체 없이 사라졌을 굴원의 육신을, 언제나 변함없이 흐르는 강물
소리와 대비시킴으로써, 애국 시인 굴원에 대한 애도의 정을 표시함과 동
시에 무상하기 짝이 없는 인간사에 대한 서글픔도 드러내고 있다.

126

楚城

江上荒城猿鳥悲　隔江便是屈原祠　一千五百年間事　只有灘聲似
舊時

· 楚城(초성) : 귀주성(歸州城). 귀주는 지금의 호북성 자귀시(秭歸市)
이다.
· 一千五百年(일천오백년) : 굴원(대략 기원전 340~기원전 278)이 죽
은 날로부터 이 시를 지은 순회 5년(1178)까지.

겨울밤의 빗소리

처마에서 방울방울 거문고 소린 듯 축 소린 듯
고요한 서재에서 베개에 기대 듣나니
예전에는 빗소리가 이토록 멋진 줄 몰랐네.
성도에 있을 때는 노랫소리 악기 소리로
칠 년 동안 밤비 소리를 알지 못했네.

사천 지방에서 생활한 대부분의 시간 동안 육유는 군인들의 사기를 진작하고 자신의 좌절감을 달래기 위해서 밤마다 음악을 가까이했기 때문에 바깥에 비가 와도 그것을 느끼지 못했다. 그러다가 고향에 돌아와 조용한 서재에 누워 있자니 밤중에 물시계 소리가 들리듯 문득 들려오는 빗소리가 무척이나 아름답게 느껴졌고 그것은 다시 그로 하여금 옛날의 사천 시절에 대한 아련한 추억에 빠지게 했다. 이것은 그때의 감회를 노래한 시이다.

冬夜聽雨戲作二首(其二)

繞簷點滴如琴筑　支枕幽齋聽始奇　憶在錦城歌吹海　七年夜雨不
曾知

· 筑(축) : 거문고 비슷한 현악기.
· 錦城(금성) : 일명 금관성(錦官城). 지금의 사천성 성도시 남쪽에 있
던 성. 사천 일대를 가리킨다.
· 七年(칠년) : 육유는 건도 6년(1170)에 사천 지방으로 들어갔다가 순
희 5년(1178)에 나왔다.

우적사 남쪽 심 씨의 작은 정원

단풍잎은 붉어지고 떡갈잎은 누레지니
머리가 센 사람은 서리 내릴까 두렵다.
나는야 정자에서
부질없이 옛 생각에 빠져 보지만
그대는 황천에서
애닳픈 슬픔을 누구에게 호소할꼬?
허물어진 벽에는 취해서 쓴 글씨가
먼지를 덮어쓴 채 희미하게 남아 있고
외로운 구름에는 까마득한 옛날 일이
아직도 꿈속인 듯 아련하게 맴돈다.
근래에 잡념을 모조리 없앴으니
돌아가 절에서 향이나 피우련다.

소희 3년(1192) 예순여덟 살에 지은 시로. 서문에 "40년 전에 짤막한 사
한 수를 벽에다 써 놓았는데 우연히 다시 와 보니 정원은 이미 세 번이나
주인이 바뀌어 그것을 읽노라니 마음이 울적했다. (四十年前嘗題小詞壁間,
偶復一到. 園已三易主. 讀之悵然.)"라고 밝혔다. 40년 만에 다시 들러서
몰라보게 달라진 심원의 모습과 그런 와중에도 아직까지 흔적이 남아 있
는 자신의 「차두봉」 사를 둘러보면서 당완을 향한 솟구치는 그리움을 토
로한 것이다.

禹跡寺南有沈氏小園

楓葉初丹槲葉黃　河陽愁鬢怯新霜　林亭感舊空回首　泉路憑誰說
斷腸　壞壁醉題塵漠漠　斷雲幽夢事茫茫　年來妄念消除盡　回向蒲
龕一炷香

· 禹跡寺(우적사) : 지금의 절강성 소흥시에 있는 절.
· 沈氏小園(심씨소원) : 심씨원(沈氏園), 즉 심원을 가리킨다.
· 河陽愁鬢(하양수빈) : 진(晉)나라 반악(潘岳)은 하양령(河陽令)을 지
낸 적이 있는데 그의 「추흥부(秋興賦)」에 "희끗희끗한 머리에 모자를
썼네.(斑髟以承弁兮.)"라는 구절이 있다. 「추흥부」에 의하면 그는 서
른두 살에 벌써 흰머리가 났다고 한다.
· 泉路(천로) : 황천길. 당완이 있는 저세상을 가리킨다.
· 醉題(취제) : 취하여 써 놓은 글. 서른한 살 때 쓴 「차두봉」을 가리
킨다.
· 漠漠(막막) : 밝지 않은 모양.
· 蒲龕(포감) : 돗자리와 감실(龕室). 부처님에게 기도 드리는 곳을 뜻
한다.

삼산에서 문을 닫고

걸음마를 막 배울 때 전쟁을 만나
집은 중원에 있건만 만날 도망 다녔지.
밤중에 회수 가에서 도적의 말이 울면
첫닭이 울기도 전에 도망을 쳤지.
사람마다 떡 하나 들고 풀숲에 엎드린 채
열흘이 지나도록 밥 못 지을 때 많았지.
아아 그래도 난리가 멎었을 때
온 식구가 다 이렇게 무사할 수 있으니
하느님이 아니고야 누가 이렇게 하였으리?

육유의 나이 두 살이었을 때 북송의 수도 개봉이 금나라에 함락되었다.
육유의 가족은 그뒤 여러 해 동안 각지로 피난을 다녔다. 이 시는 일흔네
살이던 경원(慶元) 4년(1198)에 어릴 적의 고통스러웠던 피난 생활을 회
상하여 지은 것이다.

三山杜門作歌五首(其一)

我生學步逢喪亂 家在中原厭奔竄 淮邊夜聞賊馬嘶 跳去不待雞
號旦 人懷一餠草間伏 往往經旬不炊爨 嗚呼亂定百口俱得全 孰
爲此者寧非天

· 厭奔竄(염분찬) : 질리도록 많이 도망 다니다. 육유가 태어난 이듬해
에 개봉이 금나라에 함락되어 육유의 아버지는 가족을 이끌고 각지를
떠돌며 피난 생활을 했다.
· 淮邊(회변) : 회수(淮水)의 가.
· 寧非天(영비천) : 어찌 하늘이 아니겠는가?

133

심원 1

석양 비치는 성 위에서 구슬픈 나팔 소리
심원도 더 이상 옛날 모습 아니로다.
내 가슴을 저미는 다리 아래 푸른 물결
놀란 기러기 푸드덕 그림자 비쳐 온 곳이로다.

「심원(沈園二首)」은 육유가 당완을 애도하여 지은 여러 편의 시 가운데
가장 인구에 회자하는 것으로, 경원 5년(1199) 일흔다섯 살 때의 작품이
다. 제1수는 40여 년 전에 비해 몰라보게 달라진 심원을 둘러보면서 놀란
기러기마냥 청순하기만 하던 젊은 시절의 당완을 떠올린 것이다.

沈園二首(其一)

城上斜陽畫角哀　沈園非復舊池臺　傷心橋下春波綠　曾是驚鴻照
影來

- 畫角(화각) : 아름답게 채색한 뿔피리. 주로 군대에서 시간을 알리기
  위해 불었다.
- 非復(비부) : 더 이상 ……이 아니다. 이 구절은 심원의 경물이 너무
  많이 변하여 옛날 모습과 같지 않음을 뜻한다.
- 曾是(증시) : 바로 ……이다.
- 驚鴻(경홍) : 당완을 가리킨다.

심원 2

꿈 깨지고 향기 사라진 지 어언간 마흔 해
심원의 버들도 늙어 버들개지를 안 날린다.
이 몸도 머지않아 회계산의 흙이 되련마는
아직도 발자취 찾아 한바탕 눈물을 흘린다.

제2수는 당완도 죽고 자신도 곧 그녀의 뒤를 따르게 될 것을 생각하면
서 그 옛날 당완과 함께 있었던 곳을 찾아가 슬픈 추억을 되새긴 것이다.
일흔다섯 살이나 된 노인이 40여 년 전에 죽은 젊은 시절의 아내를 생각
하며 눈물을 흘린다는 것은 보통 사람에게는 있기 힘든 특별한 일이다.
육유가 중국의 역대 시인들 가운데 가장 많은 9200여 수의 시를 남길 수
있었던 것은 이처럼 풍부한 감정의 소유자였기 때문이다.

沈園二首(其二)

夢斷香消四十年　沈園柳老不吹綿　此身行作稽山土　猶弔遺蹤一
泫然

· 行(행) : 장차 ……이 되려고 하다.
· 稽山(계산) : 회계산(會稽山). 소흥시 동남쪽에 있는 산.
· 泫然(현연) : 눈물이 줄줄 흐르는 모양.

가난한 노인

쌀 사러 간 사람이 돌아오지 않으매
한낮이 다 되도록 밥을 짓지 못하니
노인네가 배고플세라 너도나도 걱정할 뿐
동쪽 창문 아래서 붓을 끄적여
도연명의 시 「걸식」에 화답하는 줄 모르네.

쌀이 떨어져 얼른 돈을 구해 쌀을 사오겠다며 나간 사람이 한나절이 지
나도록 돌아오지 않는다. 그러니 한낮이 다 되었지민 아침밥조차 지을 수
가 없다. 가족들은 자신들의 배고픔은 뒷전이고 노인네가 배고플까 봐 걱
정이다. 그런데 막상 노인은 도연명의 「걸식」에 화답하느라 여념이 없다.
가난에 찌든 자신의 생활 단면을 해학적인 필치로 재미있게 묘사했다.

貧甚戱作絶句(其七)

糴米歸遲午未炊　衆人竊閔乃翁飢　不知弄筆東窓下　正和淵明乞食詩

· 戱作(희작) : 장난삼아 짓다.
· 乞食詩(걸식시) : 도연명의 시 「걸식(乞食)」은 이러하다. "기아란 놈
이 찾아와 나를 쫓아내는데, 어디로 가야 할지 알 수 없었네. 가고
또 가다 보니 이 마을로 왔는데, 대문을 두들겨 놓고는 뭐라 말을 못
했네. 주인이 내 마음을 알아차리고, 음식을 내다 주니 헛걸음은 아
니었네. 저녁까지 다정하게 이야기를 나누다가, 술잔이 넘어오면 바
로바로 기울였네. 새로 생긴 지기가 권하는 게 좋아서, 읊조리다 마
침내 시를 지었네. 빨래하는 아줌마 같은 그대 은혜 고맙지만, 한신
같은 인재가 아니어서 부끄럽네. 마음에 담아둘 뿐 감사할 길 없으
니, 죽은 뒤에 저승에서나 갚을 것 같네.(飢來驅我去, 不知竟何之.
行行至斯里, 叩門拙言辭. 主人解余意, 遺贈豈虛來? 談諧終日夕, 觴至
輒傾杯. 情欣新知歡, 言詠遂賦詩. 感子漂母惠, 愧我非韓才. 銜戢知何
謝, 冥報以相貽.)"

작품 해설

　육유는 열여덟 살 때 증기(曾幾 : 1084~1166)에게 처음으로 시를 배웠는데 「증기의 주의문 원고를 읽고(跋曾文淸公奏議稿)」에 "소흥(1131~1162) 말 오랑캐 완안량이 국경을 침입했을 때 다산 선생(증기)은 회계의 우적사(禹跡寺)에 우거하셨는데 내가 칙령소산정관(勅令所刪定官)에서 파면되고 고향으로 돌아와 사흘이 멀다 하고 찾아가 뵈었다.(紹興末, 賊亮入寇, 時茶山先生居會稽禹跡精舍. 某自勅局罷歸, 略無三日不進見.)"라고 썼을 정도로 증기를 높이 떠받들었다. 증기는 여본중(呂本中 : 1084~1145)과 더불어 강서시파(江西詩派)의 마지막을 장식한 시인인 만큼 육유는 강서시파의 시풍을 배우는 것으로 시에 입문했다고 할 수 있다. 그러나 그의 이러한 시풍은 늦어도 마흔여섯 살 되던 건도(乾道) 6년(1170) 기주통판(夔州通判)으로 부임하고 난 이후에는 크게 바뀐 것으로 보인다.

　육유는 순희(淳熙) 14년(1187) 엄주(嚴州 : 지금의 절강성 건덕시(建德市))에서 간행된 자신의 시집 『검남시고(劍南詩稿)』의 편집 과정을 자술한 「시집을 읽고(詩稿跋)」에서 "이것은 내가 병술년(1166) 이전에 지은 시 가운데 20분의 1이다. 엄주에 있을 때 다시 편집하면서 또 10분의 9를 버렸다.(此予丙戌以前詩十之一也. 及在嚴州, 再編, 又去十之九.)"라고 밝혔다. 이것은 자신의 시집을 위한 선시 기준이 얼마나 엄격했는지를 단적으로 말해 주는데 그가 못마땅하게 생각하여 없애 버린 대부분의 초기시가 강서시파의 시풍을 지닌 시였을 것으로 추측된다. 그리고 엄주에 있을 때 다시 대부분의 시를 버렸다는 사실은 그가 강서시파의 시풍에 대하여 갈수록 싫증을 느꼈음을 의미한다.

마흔여섯 살 이후 사천과 섬서의 국경 지대에서 전선의 상황을 목격하기도 하고 직접 전투에 참여하기도 하면서 그의 시풍은 단번에 강서시파의 테두리를 훌쩍 뛰어넘었다. 그가 목격한 것은 저만치에 보이는 빼앗긴 조국 강산이요 전선에서 피 흘리는 국군 병사들이었다. 한시바삐 달려가 적군을 쳐부수고 잃어버린 강토를 수복하고 싶었지만 자신의 무사안일을 위해 싸우기를 주저하는 주화파 인사들이 그의 발목을 붙잡고 늘어졌다. 이러한 상황 속에서 그의 시는 적군을 향해 우렁차게 호령하는 목소리이거나 주화파 인사들에게 분통을 터뜨리며 이를 가는 소리일 수밖에 없었을 것이다.

육유의 시는 애국의 감정을 토로한 것과 한적한 삶의 정취를 노래한 것이 주류를 이룬다. 그의 애국시는 다시 금나라에 빼앗긴 중원 땅의 수복에 대한 열망, 일신의 안일만을 추구하여 중원 수복을 방해하는 주화파에 대한 분개, 금나라 군사의 군화에 짓밟히며 국군이 돌아오기만을 기다리는 함몰 지구 백성들에 대한 연민 등으로 나누어질 수 있다. 이러한 시는 사천 지방과 섬서 지방에서 생활한 8, 9년 동안에 지어진 것이 많지만 그 이전과 이후에도 적지 않으며 심지어 파직당하여 고향에 은거한 시기의 시 가운데도 애국 충정을 담은 것이 많다.

한적한 삶의 정취를 노래한 시는 주로 고향에 은거할 때 지었으며, 만년의 시에 특히 많다. 육유는 순희 16년(1189) 11월 간의대부 하담(何澹)의 참소로 파직당하여 고향으로 돌아간 이후, 가태(嘉泰) 2년(1202) 6월 효종과 광종의 실록을 편찬하기 위해 항주로 들어가 약 1년 동안 머문 것을 제외하고는, 세상을 떠날 때까지 20년 동안 줄곧 고향에 머물렀다. 그리하여 그의 한적시는 멀찌감치서 팔짱을 끼고 바라보는 관찰자 입장이 아니라 도연명처럼 직접 체험하면서 전원 생활의 이모저모를 핍진하게 묘사한 것이다.

육유의 시 가운데는 이밖에도 평범한 소시민으로서 세속적인 인정과 개인적인 애환을 노래한 것이 상당수 있다. 이런 시는 당시(唐詩)의 정취에 매우 가까운 것으로 비록 수효는 많지 않지만 이취(理趣)를 중시한 송대의 시단에서는 커다란 희소가치를 지니며 당시의 정취에 못지않다고 평가된다. 육유가 이처럼 나라에 대한 사랑뿐만 아니라 개인적인 사랑을 가지고도 명시를 지을 수 있었던 것은 결국 그가 그만큼 풍부한 감정의 소유자였기 때문이다. 북받치는 감정을 가진 사람만이 조국의 불행 앞에서 눈물을 흘릴 수 있고 다정다감한 성격의 소유자라야 아기자기한 사랑을 속삭일 수 있다. 육유가 중국의 역대 시인들 가운데 가장 많은 수효인 9200여 수의 시를 남긴 것은, 물론 파란만장한 그의 인생행로에 기인한 바도 크겠지만, 근본적으로 그가 이처럼 풍부한 감정의 소유자였다는 사실에 힘입은 것이다.

작가 연보

1125년 　10월 17일 부친이 경서로전운부사(京西路轉運副使)
　　　　로 부임하기 위해 배를 타고 개봉(開封)으로 가는
　　　　도중 회수(淮水)에서 출생하였다.
　　　　(이해 12월에 금나라의 대거 남침으로 휘종(徽宗)이 겁을
　　　　먹고 흠종(欽宗)에게 선위하였다.)

1126년 　부친이 경서로전운부사를 그만두고 형양(滎陽),
　　　　수춘(壽春) 등지로 표박하였다.
　　　　(이해 윤 11월에 개봉이 함락되었다. 흠종이 금군에게 항
　　　　복을 청하였다.)

1127년 　산음(山陰)으로 돌아갔다.
　　　　(이해 4월에 금나라가 휘종과 흠종을 포로로 잡아갔다. 5월
　　　　에 고종이 남경(지금의 하남성 상구시(商丘市))에서 즉위
　　　　하여 남송을 세웠다.)

1130년 　부친이 가족을 이끌고 동양(東陽)으로 피난하였다.

1133년 　동양에서 산음으로 돌아갔다.

1134년 　향교에 입학하였다.
　　　　(이해 7월에 악비(岳飛)가 양양(襄陽) 등 여섯 개 군을 수
　　　　복하였다.)

1137년 　침식을 잊고 도연명의 시를 읽었다.
　　　　(이해 3월에 고종이 건강부(建康府)에 행차하였다.)

1140년	항주로 가서 과거에 응시하였다.
1141년	화의를 반대하다가 쫓겨나 산음으로 돌아온 이광 (李光)이 부친과 함께 하루 종일 진회(秦檜)를 비 판하는 말을 자주 들었다.
	(이해 11월에 송금화의가 성립되었다. 회수를 국경으로 삼 고 금나라에 매년 은 25만 냥과 비단 25만 필을 바치기로 하였다. 12월에 악비가 감옥에서 처형당하였다.)
1142년	증기(曾幾)에게 시를 배우기 시작하였다.
1143년	항주로 가서 과거에 응시하였다.
1144년	당완(唐琬)과 결혼하였다.
1146년	당완과 이혼하고 왕 씨와 재혼하였다.
1153년	현직 관리들을 위한 과거인 쇄청시(鎖廳試)에 응시 하였다. 육유에게 진회의 손자보다 좋은 성적을 준 주고관(主考官)이 진회의 진노를 샀다.
1154년	예부시에 응시하여 주고관에게 좋은 성적을 받았 으나 진회가 낙방시켰다.
1155년	산음으로 돌아가 2년 동안 운문산(雲門山)에 있는 초당에 머물며 병서를 읽었다. 심씨원에 놀러 갔 다가 당완과 해후하였다.
	(이해 진회가 사망하였다.)
1158년	복주영덕현주부(福州寧德縣主簿)로 관직에 첫발을 내디뎠다.
1160년	5월에 칙령소산정관(勅令所刪定官)에 제수되었다.
1161년	10월에 칙령소산정관을 그만두고 잠시 산음으로

돌아갔다가 겨울에 다시 항주로 가서 사관(史官)이 되었다.

(이해 9월에 금나라가 대거 남침하였다. 신기질(辛棄疾)이 의병 2천 명을 모아 경경(耿京)에게 귀의하여 중원 수복을 꾀하였다. 12월에 고종이 건강에 행차하였다.)

1162년   9월에 추밀원편수관겸편류성정소검토관(樞密院編修官兼編類聖政所檢討官)에 제수되어 범성대와 동료가 되었다. 진사출신(進士出身)을 하사받았다.

(이해 1월에 신기질이 경경의 명을 받들고 건강으로 가서 남송 조정에 항금 투쟁의 형세를 보고하고 천평절도장서기(天平節度掌書記)에 제수되었다. 6월에 효종이 즉위하여 7월에 악비의 누명을 씻어 주었다.)

1163년   1월에 강력하게 항금 투쟁을 주장하고 주화파를 비판하다가 조정에서 쫓겨났다. 5월에 진강부통판(鎭江府通判)에 제수되었다.

(이해 4월에 장준(張浚)이 북벌을 감행하였으나 장수들이 협조하지 않아 5월에 부리(符離)에서 궤멸되었다. 8월에 송금화의가 성립되었다.)

1164년   2월에 진강부통판으로 부임하였다. 장준과 교유하며 격려를 받았다.

(이해 10월에 금나라가 회수를 건너 남침하였다. 12월에 화의가 성립되었다.)

1165년   7월에 융흥군통판(隆興軍通判)으로 부임하였다.

1166년   장준의 북벌을 강력하게 지지하다가 파직당하고 5월에 산음으로 돌아가 1170년 5월까지 은거하였다.

1169년 12월에 기주통판(夔州通判)에 제수되었으나 병이 나은 지 얼마 안 되어 다음 해 여름에 떠나기로 하였다.

(이해 3월에 왕염(王炎)이 사천선무사(四川宣撫使)에 제수되었다.)

1170년 윤 5월 18일 기주통판으로 부임하기 위해 산음을 출발하여 소주(蘇州), 진강(鎭江), 황주(黃州), 형주(荊州)를 거쳐 다섯 달 반 만인 12월 27일에 기주에 도착하였다.

(이해 신기질이 「구의(九議)」를 지어서 좌승상 우윤문(虞允文)에게 바쳤다.)

1172년 1월에 왕염의 부름으로 섬서 지방의 최전방인 남정(南鄭)에 있는 왕염의 막부로 출발하여 3월에 다다랐고 그뒤 북벌 계획에 몰두하였다. 10월에 왕염이 조정으로 소환됨으로써 육유도 성도부안무사참의관(成都府安撫使參議官)에 제수되어 11월에 남정을 떠나 성도로 갔다.

1175년 성도에서 사촌 형 육승지(陸升之)의 부음(訃音)을 듣고 시를 지어 통곡하였다. 범성대의 막료(幕僚)가 되었다.

(이해 6월에 범성대가 성도부지부권사천제치사(成都府知府權四川制置使)로 부임하였다.)

1176년 2월부터 여러 차례 범성대의 연회에 나아가 시를

	주고받다가 초여름에 파면당하고 6월에 유공자에
	게 주는 명예직인 주관대주동백산숭도관(主管臺州
	桐柏山崇道觀)이 되었다. 사람들이 방종하다고 그
	를 비난하자 스스로 호를 방옹(放翁)이라고 하였다.
1177년	범성대의 사치스러운 연회를 시로써 경계하였다.
	(이해 6월에 범성대가 조정으로 돌아갔다.)
1178년	명을 받고 2월에 성도를 떠나 가을에 항주에 도착
	하였다. 제거복건로상평다염공사(提擧福建路常平茶
	鹽公事)로 부임해 가는 길에 잠시 산음에 들렀다가
	겨울에 복건에 도착하였다.
	(이해 1월에 진량(陳亮)이 시국을 논하는 상소문을 올렸다
	가 주화파의 저지를 받았다. 4월에 범성대가 참지정사(參
	知政事)에 제수되었다가 6월에 파면되었다.)
1179년	가을에 제거강남서로상평다염공사에 제수되어 12월
	에 무주(撫州)에 도착하였다.
1180년	겨울에 참소를 받아 파직당하고 산음으로 돌아가
	1186년까지 은거하였다.
1186년	봄에 엄주지주(嚴州知州)에 제수되어 항주로 들어
	가 효종을 알현하자 효종이 엄주는 산수가 좋은
	곳이니 산수나 읊조리고 시국 문제를 얘기하지 말
	라고 당부하였다. 7월에 엄주에 도착하였다.
1187년	『검남시고(劍南詩稿)』20권을 간행하였다.
1188년	엄주지주의 임기를 마치고 7월에 산음으로 돌아갔
	다. 겨울에 군기소감(軍器少監)에 제수되어 다시

항주로 들어갔다.

(이해 4월에 진량이 북벌을 상주하였으나 가납되지 않았다. 겨울에 진량과 신기질이 아호(鵝湖)에서 만나 시국을 논하였다.)

1189년   1월에 조의대부예부낭중(朝議大夫禮部郎中)에 제수되었다. 11월에 참소를 받아 파직당하고 산음으로 돌아갔다. 이후 1202년까지 고향에서 은거하였다.

(이해 2월에 광종(光宗)이 즉위하였다.)

1192년   산음현개국남(山陰縣開國南)에 봉해져 식읍이 300호가 되었다.

1202년   5월에 효종과 광종의 실록을 편찬하기 위해 조정에서 다시 불러 6월에 항주에 도착하였다. 12월에 비서감(秘書監)에 제수되었다.

(이해 12월에 신기질이 기용되었다.)

1203년   1월에 보모각대제(寶謨閣待制)에 제수되었다. 5월에 치사(致仕)하고 산음으로 돌아갔다.

1206년   『검남시속고(劍南詩續稿)』 48권을 간행하였다.

1209년   12월 29일(양력 1210년 1월 26일)에 별세하였다.

세계시인선 62

육유 시선

1판 1쇄 찍음 2007년 4월 30일
1판 1쇄 펴냄 2007년 5월 4일

지은이   육유
옮긴이   류종목
편집인   장은수
발행인   박근섭
펴낸곳   (주)민음사

출판등록 1966. 5. 19. 제16-490호
서울시 강남구 신사동 506 강남출판문화센터 5층 (135-887)
대표전화 515-2000 팩시밀리 515-2007

www.minumsa.com

ⓒ (주)민음사, 2007. Printed in Seoul, Korea.

값 6,000원

ISBN 978-89-374-1862-4 04820
ISBN 978-89-374-1800-6 (세트)